SIMENON

MAIGRET
SE TROMPE

PRESSES DE LA CITÉ
PARIS

ISBN 2-258-00177-3

CHAPITRE

1

Il était huit heures vingt-cinq du matin et Maigret se levait de table tout en finissant sa dernière tasse de café. On n'était qu'en novembre et pourtant la lampe était allumée. A la fenêtre, Mme Maigret s'efforçait de distinguer, à travers le brouillard, les passants qui, les mains dans les poches, le dos courbé, se hâtaient vers leur travail.

— Tu ferais mieux de mettre ton gros pardessus, dit-elle.

Car c'est en observant les gens dans la rue qu'elle se rendait compte du temps qu'il faisait dehors. Tous marchaient vite, ce matin-là, beaucoup portaient une écharpe, ils avaient une façon caractéristique de frapper les pieds sur le trottoir pour se réchauffer et elle en avait vu plusieurs qui se mouchaient.

— Je vais te le chercher.

Il avait encore sa tasse à la main quand la sonnerie du téléphone retentit. En décrochant, il regardait dehors à son tour, et les maisons d'en face étaient presque effacées par le nuage jaunâtre qui était descendu dans les rues pendant la nuit.

— Allo! Le commissaire Maigret?... Ici, Dupeu, du Quartier des Ternes...

C'était curieux que ce soit justement le commissaire Dupeu qui lui téléphone, car c'était probablement l'homme le mieux en harmonie avec l'atmosphère de ce matin-là. Dupeu était commissaire de police rue de l'Étoile. Il louchait. Sa femme louchait. On prétendait que ses trois filles, que Maigret ne connaissait pas, louchaient aussi. C'était un fonctionnaire consciencieux, si anxieux de bien faire qu'il s'en rendait presque malade. Jusqu'aux objets, autour de lui, devenaient mornes, et on avait beau savoir que c'était le meilleur homme de la terre, on ne pouvait s'empêcher de l'éviter. Sans compter qu'été comme hiver il était habituellement enrhumé.

— Je m'excuse de vous déranger chez vous. J'ai pensé que vous n'étiez pas encore parti et je me suis dit...

Il n'y avait qu'à attendre. Il fallait qu'il s'explique. Il éprouvait invariablement le besoin d'expliquer pourquoi il faisait ceci ou cela, comme s'il se sentait en faute.

— ... Je sais que vous aimez être sur place en personne. Je me trompe peut-être, mais j'ai l'impression qu'il s'agit d'une affaire assez spéciale. Remarquez que je ne sais encore rien, ou presque. Je viens juste d'arriver.

Mme Maigret attendait, le pardessus à la main, et son mari lui disait tout bas, pour qu'elle ne s'impatiente pas :

— Dupeu!

L'autre continuait d'une voix monotone!

— Je suis arrivé à mon bureau à huit heures, comme d'habitude, et je parcourais le premier courrier, quand, à huit heures sept, j'ai reçu un coup de téléphone de la

femme de ménage. C'est elle qui a trouvé le corps en
entrant dans l'appartement, avenue Carnot. Comme
c'est à deux pas, je m'y suis précipité avec mon
secrétaire.

— Crime?

— Cela pourrait à la rigueur passer pour un suicide,
mais je suis persuadé que c'est un crime.

— Qui?

— Une certaine Louise Filon, dont je n'ai jamais
entendu parler. Une jeune femme.

— J'y vais.

Dupeu se remit à parler, mais Maigret, feignant
de ne pas s'en apercevoir, avait déjà raccroché. Avant
de partir, il appela le Quai des Orfèvres, se fit brancher
sur l'Identité Judiciaire.

— Moers est là? Oui, appelez-le à l'appareil...
Allo! C'est toi, Moers? Veux-tu te rendre avec tes
hommes avenue Carnot?... Un crime... Je serai là-bas...

Il lui donna le numéro de l'immeuble, endossa son
pardessus et, quelques instants plus tard, il y avait
une silhouette sombre de plus à marcher à pas rapides
dans le brouillard. Ce ne fut qu'au coin du boulevard
Voltaire qu'il trouva un taxi.

Les avenues, autour de l'Étoile, étaient presque
désertes. Des hommes ramassaient les poubelles. La
plupart des rideaux étaient encore fermés et, à quelques
fenêtres seulement, on voyait de la lumière.

Avenue Carnot, un agent en pèlerine se tenait sur
le trottoir, mais il n'y avait aucun rassemblement,
aucun curieux.

— Quel étage? lui demanda Maigret.

— Troisième.

Il franchit la porte cochère aux boutons de cuivre

bien astiqués. Dans la loge, qui était éclairée, la
concierge prenait son petit déjeuner. Elle le regarda
à travers la vitre, mais ne se leva pas. L'ascenseur
fonctionna sans bruit, comme dans toute maison bien
tenue. Les tapis, sur le chêne ciré de l'escalier, étaient
d'un beau rouge.

Au troisième étage, il se trouva devant trois portes
et il hésitait quand celle de gauche s'ouvrit. Dupeu
était là, le nez rouge, comme Maigret s'attendait à
le voir.

— Entrez. J'ai préféré ne toucher à rien en vous
attendant. Je n'ai même pas interrogé la femme de
ménage.

Traversant le vestibule où il n'y avait qu'un portemanteau et deux chaises, ils pénétrèrent dans un salon
aux lampes allumées.

— La femme de ménage a tout de suite été frappée
de voir de la lumière.

Dans l'angle d'un canapé jaune, une jeune femme
aux cheveux bruns était curieusement affaissée sur
elle-même, avec une grande tache d'un rouge sombre
sur sa robe de chambre.

— Elle a reçu une balle dans la tête. Le coup semble
avoir été tiré par derrière, de très près. Comme vous
voyez, elle n'est pas tombée.

Elle s'était seulement laissée aller sur le côté droit
et sa tête pendait, les cheveux touchaient presque
le tapis.

— Où est la femme de ménage?

— Dans la cuisine. Elle m'a demandé la permission
de se préparer une tasse de café. Selon elle, elle est
arrivée à huit heures, comme tous les matins. Elle a
la clef de l'appartement. Elle est entrée, a aperçu le

cadavre, prétend qu'elle n'a touché à rien et qu'elle m'a immédiatement téléphoné.

C'est à ce moment-là seulement que Maigret comprit ce qu'il avait trouvé d'étrange en arrivant. Normalement, il aurait dû, dès le trottoir, franchir un cordon de curieux. D'habitude aussi, les locataires sont aux aguets sur les paliers. Or, ici, tout était aussi calme que si rien ne s'était produit.

— La cuisine est par là?

Il la trouva au bout d'un couloir. La porte en était ouverte. Une femme vêtue de sombre, les cheveux et les yeux noirs, était assise près du fourneau à gaz et buvait une tasse de café en soufflant sur le liquide pour le refroidir.

Maigret eut l'impression qu'il l'avait déjà rencontrée. Les sourcils froncés, il l'examina, tandis qu'elle supportait tranquillement son regard tout en continuant de boire. Elle était très petite. Assise, c'est à peine si ses pieds touchaient le plancher, et elle portait des souliers trop grands pour elle, sa robe était trop large et trop longue.

— Il me semble que nous nous connaissons, dit-il. Elle répondit sans broncher :

— C'est fort possible.

— Comment vous appelle-t-on?

— Désirée Brault.

Le prénom de Désirée le mit sur la piste.

— Vous n'avez pas été arrêtée, jadis, pour vol dans les grands magasins?

— Pour cela aussi.

— Pour quoi d'autre?

— J'ai été arrêtée tant de fois!

Son visage n'exprimait aucune crainte. En fait, il

n'exprimait rien. Elle le regardait. Elle lui répondait.
Quant à ce qu'elle pensait, c'était impossible à deviner.

— Vous avez fait de la prison?

— Vous trouverez tout cela dans mon dossier.

— Prostitution?

— Pourquoi pas?

Il y avait longtemps, évidemment. Maintenant, elle
devait avoir cinquante ou soixante ans. Elle était desséchée. Ses cheveux n'avaient pas blanchi, ne grisonnaient pas, mais ils étaient devenus rares et on voyait
le crâne à travers.

— Il fut un temps où j'en valais une autre!

— Depuis quand travaillez-vous dans cet appartement-ci?

— Un an le mois prochain. J'ai commencé en
décembre, pas longtemps avant les Fêtes.

— Vous y êtes occupée toute la journée?

— Seulement de huit heures à midi.

Le café sentait si bon que Maigret s'en servit une
tasse. Le commissaire Dupeu se tenait timidement
dans l'encadrement de la porte.

— Vous en voulez, Dupeu?

— Merci. J'ai déjeuné il y a moins d'une heure.

Désirée Brault se leva pour se verser une seconde
tasse, elle aussi, et sa robe lui pendait autour du corps.
Elle ne devait pas peser plus qu'une gamine de quatorze ans.

— Vous travaillez dans d'autres places?

— Trois ou quatre. Cela dépend des semaines.

— Vous vivez seule?

— Avec mon mari.

— Il a fait de la prison aussi?

— Jamais. Il se contente de boire.

— Il ne travaille pas?

— Il y a quinze ans qu'il n'a pas travaillé une seule journée, pas même pour enfoncer un clou dans le mur.

Elle disait cela sans amertume, d'une voix égale où il était difficile de déceler de l'ironie.

— Que s'est-il passé ce matin?

Elle désigna Dupeu d'un mouvement de tête.

— Il ne vous l'a pas dit? Bon. Je suis arrivée à huit heures.

— Où habitez-vous?

— Près de la Place Clichy. J'ai pris le métro. J'ai ouvert la porte avec ma clef et j'ai remarqué qu'il y avait de la lumière dans le salon.

— La porte du salon était ouverte?

— Non.

— D'habitude, votre patronne n'est pas levée quand vous arrivez le matin?

— Elle ne se levait que vers dix heures, parfois plus tard.

— Qu'est-ce qu'elle faisait?

— Rien.

— Continuez.

— J'ai poussé la porte du salon et je l'ai vue.

— Vous ne l'avez pas touchée?

— Je n'ai pas eu besoin de la toucher pour comprendre qu'elle était morte. Vous avez déjà vu quelqu'un se promener avec la moitié de la figure emportée?

— Ensuite?

— J'ai appelé le commissariat.

— Sans alerter les voisins, ou la concierge?

Elle haussa les épaules.

— Pourquoi aurais-je alerté les gens?

— Après avoir téléphoné?

— J'ai attendu.

— En faisant quoi?

— En ne faisant rien.

C'était ahurissant de simplicité. Elle était restée là simplement, à attendre qu'on sonne à la porte, peut-être à regarder le cadavre.

— Vous êtes sûre que vous n'avez touché à rien?

— Certaine.

— Vous n'avez pas trouvé de revolver?

— Je n'ai rien trouvé.

Le commissaire Dupeu intervint.

— C'est en vain que nous avons cherché l'arme partout.

— Louise Filon possédait un revolver?

— Si elle en possédait un, je ne l'ai jamais vu.

— Il y a des meubles fermés à clef?

— Non.

— Je suppose que vous savez donc ce qui se trouve dans les armoires?

— Oui.

— Et vous n'avez jamais vu d'arme?

— Jamais.

— Dites-moi, votre patronne savait-elle que vous avez fait de la prison?

— Je lui ai tout raconté.

— Cela ne l'effrayait pas?

— Cela l'amusait. J'ignore si elle en a fait aussi, mais elle aurait pu.

— Que voulez-vous dire?

— Qu'avant de venir habiter ici, elle a fait le tapin.

— Comment le savez-vous?

— Parce qu'elle me l'a dit. Même si elle ne me l'avait pas dit...

On entendait des piétinements sur le palier et Dupeu alla ouvrir la porte. C'était Moers et ses hommes, avec leurs appareils. Maigret dit à Moers :

— Ne commence pas tout de suite. En attendant que j'aie fini ici, téléphone au procureur.

Désirée Brault le fascinait, et aussi tout ce qu'on devinait derrière ses paroles. Il retira son pardessus, car il avait chaud, s'assit, continuant à boire son café à petites gorgées.

— Asseyez-vous.

— Je veux bien. C'est plutôt rare qu'une femme de ménage s'entende dire ça.

Et, cette fois, elle eut presque un sourire.

— Avez-vous une idée de qui aurait pu tuer votre patronne?

— Certainement pas.

— Elle recevait beaucoup?

— Je ne l'ai jamais vu recevoir personne, sinon un médecin du quartier, une fois qu'elle avait une bronchite. Il est vrai que je m'en vais à midi.

— Vous ne lui connaissez pas de relations?

— Tout ce que je sais, c'est qu'il y a des pantoufles d'homme et une robe de chambre dans un placard. Et aussi une boîte de cigares. Elle ne fumait pas le cigare.

— Vous ignorez de quel homme il s'agit?

— Je ne l'ai jamais vu.

— Vous ne savez pas son nom? Il n'a jamais téléphoné quand vous étiez ici?

— C'est arrivé.

— Comment l'appelait-elle?

— Pierrot.

— Elle était entretenue?

— Je suppose qu'il fallait que quelqu'un paie le loyer, non? Et le reste.

Maigret se leva, posa sa tasse, bourra une pipe.

— Qu'est-ce que je fais? questionna-t-elle.

— Rien. Vous attendez.

Il retourna dans le salon où les hommes de l'Identité Judiciaire guettaient son signal pour se mettre au travail. La pièce était en ordre. Dans un cendrier près du canapé, il y avait des cendres de cigarette, des bouts de cigarettes aussi, trois en tout, dont deux marqués de rouge à lèvres.

Une porte entrouverte faisait communiquer la pièce avec la chambre à coucher et Maigret constatait avec une certaine surprise que le lit était défait, l'oreiller marqué d'un creux comme si quelqu'un y avait dormi.

— Le docteur n'est pas arrivé?

— Il n'est pas chez lui. Sa femme est en train de téléphoner chez les clients qu'il doit voir ce matin.

Il ouvrit quelques armoires, quelques tiroirs. Les vêtements et le linge étaient ceux d'une jeune femme qui s'habille avec un certain mauvais goût et non ceux qu'on s'attend à trouver dans un appartement de l'avenue Carnot.

— Occupe-toi des empreintes et du reste, Moers. Je descends parler à la concierge.

Le commissaire Dupeu lui demanda :

— Vous avez encore besoin de moi?

— Non. Je vous remercie. Envoyez-moi votre rapport dans le courant de la journée. Vous avez été gentil, Dupeu.

— Vous comprenez, j'ai tout de suite pensé que

cela vous intéresserait. S'il y avait eu une arme à
proximité du canapé, j'aurais conclu à un suicide,
car le coup semble avoir été tiré à bout pourtant.
Quoique les femmes de ce genre-là se suicident d'habitude au véronal. Il y a au moins cinq ans que je n'ai
vu, dans le quartier, une femme se suicider à l'aide
d'un revolver. Donc, du moment qu'il n'y avait pas
d'arme...

— Vous avez été épatant, Dupeu.

— J'essaie, dans la mesure de mes moyens, de...

Il continuait à parler dans l'escalier. Maigret le
quitta sur le paillasson devant la porte de la concierge,
entra dans la loge.

— Bonjour, madame.

— Bonjour, monsieur le commissaire.

— Vous savez qui je suis?

Elle fit signe que oui.

— Vous êtes au courant?

— J'ai interrogé l'agent qui est en faction sur le
trottoir. Il m'a dit que Mlle Louise est morte.

La loge avait l'aspect bourgeois des loges du quartier. La concierge, qui n'avait qu'une quarantaine
d'années, était correctement et même coquettement
vêtue. Elle était assez jolie, d'ailleurs, les traits seulement un peu empâtés.

— On l'a tuée? demanda-t-elle, comme Maigret
s'asseyait près de la fenêtre.

— Qu'est-ce qui vous a fait penser ça?

— Je suppose que, si elle était morte de mort natu-
relle, la police ne se serait pas dérangée.

— Elle aurait pu se suicider.

— Ce n'était pas dans son caractère.

— Vous la connaissiez bien?

— Pas trop. Elle ne s'attardait pas dans ma loge, entrouvrait juste la porte en passant pour demander si elle avait du courrier. Elle ne se sentait guère à l'aise dans cette maison-ci, vous comprenez?

— Vous voulez dire qu'elle n'était pas du même milieu que vos autres locataires?

— Oui.

— A quel milieu pensez-vous qu'elle appartenait?

— Je ne sais pas au juste. Je n'ai aucune raison d'en dire du mal. Elle était tranquille, pas arrogante.

— Sa femme de ménage ne vous a jamais rien dit?

— Mme Brault et moi ne nous adressons pas la parole.

— Vous la connaissez?

— Je ne tiens pas à la connaître. Je la vois monter et descendre. Cela me suffit.

— Louise Filon était entretenue?

— C'est possible. En tout cas, elle payait régulièrement son terme.

— Elle recevait des visites?

— De temps en temps.

— Pas régulièrement?

— On ne peut pas appeler ça régulièrement.

Maigret avait l'impression de sentir une réticence. Contrairement à Mme Brault, la concierge était nerveuse, et jetait de temps en temps un rapide coup d'œil vers la porte vitrée. C'est elle qui annonça :

— Le docteur monte.

— Dites-moi, madame... Au fait, quel est votre nom?

— Cornet.

— Dites-moi, madame Cornet, y a-t-il quelque chose que vous ayez envie de me cacher?

Elle s'efforça de le regarder dans les yeux.

— Pourquoi demandez-vous ça?

— Pour rien. Je préfère savoir. C'est toujours le
même homme qui rendait visite à Louise Filon?

— C'était toujours le même que je voyais passer.

— Quel genre d'homme?

— Un musicien.

— Comment savez-vous que c'est un musicien?

— Parce que une fois ou deux je l'ai vu avec un
étui à saxophone sous le bras.

— Il est venu hier au soir?

— Vers dix heures, oui.

— C'est vous qui lui avez donné le cordon?

— Non. Jusqu'au moment de me coucher, à onze
heures, je laisse la porte ouverte.

— Mais vous voyez qui passe sous la voûte?

— La plupart du temps. Les locataires sont tran-
quilles. Ce sont presque tous des gens importants.

— Vous dites que le musicien en question est monté
vers dix heures?

— Oui. Il n'est resté qu'une dizaine de minutes
et, quand il est parti, il paraissait pressé, je l'ai entendu
se diriger à grands pas vers l'Étoile.

— Vous n'avez pas remarqué son visage? S'il paraissait ému, ou...

— Non.

— Louise Filon n'a pas reçu d'autres visites pendant la soirée?

— Non.

— De sorte que, si le médecin découvre que le crime
a été commis entre dix heures et onze heures, par
exemple, il serait à peu près certain que...

— Je n'ai pas dit ça. J'ai dit qu'elle n'avait reçu
que cette visite-là.

— Selon vous le musicien serait son amant ?
Elle ne répondit pas tout de suite, murmura enfin :

— Je ne sais pas.

— Que voulez-vous dire?

— Rien. Je pensais au prix de l'appartement.

— Je comprends. Ce n'est pas le genre demusicien à offrir un appartement comme celui-là à sa petite amie?

— C'est ça.

— Cela n'a pas l'air de vous surprendre, madame Cornet, que votre locataire ait été tuée.

— Je ne m'y attendais pas, mais cela ne me surprend pas non plus.

— Pourquoi?

— Pour aucune raison particulière. Il me semble que ces femmes-là sont plus exposées que d'autres. En tout cas, c'est l'impression qu'on retire de la lecture des journaux.

— Je vais vous demander de me dresser une liste de tous les locataires qui sont entrés ou sortis après neuf heures dans la soirée d'hier. Je la prendrai en partant.

— C'est facile.

Quand il sortit de la loge, il trouva le procureur et son substitut qui descendaient de voiture en compagnie du greffier. Tous les trois paraissaient avoir froid. Le brouillard ne s'était pas encore dissipé et chacun y mêlait la vapeur de son haleine.

Poignées de mains. Ascenseur. L'immeuble, le troisième étage excepté, restait aussi calme que lors de l'arrivée de Maigret. Les gens d'ici n'étaient pas du genre à guetter les allées et venues derrière leur porte entrouverte, ni à s'attrouper sur les paliers parce qu'une femme avait été tuée.

Les techniciens de Moers avaient installé leurs appareils un peu partout dans l'appartement et le docteur avait terminé l'examen du corps. Il serra la main à Maigret.

— Quelle heure? questionna le commissaire.

— A vue de nez, entre neuf heures du soir et minuit. Je dirais plutôt onze heures comme limite que minuit.

— Je suppose que la mort a été instantanée?

— Vous l'avez vue. Le coup a été tiré à bout portant.

— Par derrière?

— Par derrière, un peu de côté.

Moers intervint.

— A ce moment-là elle devait fumer une cigarette qui est tombée sur le tapis et qui a achevé de se consumer. C'est une chance que le feu n'ait pas pris au tapis.

— De quoi s'agit-il, au juste? questionna le substitut qui ne savait encore rien.

— Je l'ignore. Peut-être d'un crime banal. Cela m'étonnerait.

— Vous avez une idée?

— Aucune. Je vais aller de nouveau bavarder avec la femme de ménage.

Avant de gagner la cuisine, il téléphona au Quai des Orfèvres, demanda à Lucas, qui était de service, de le rejoindre tout de suite. Ensuite, il ne s'occupa plus du parquet, ni des spécialistes qui continuaient leur tâche habituelle.

Mme Brault n'avait pas changé de place. Elle ne buvait plus de café, mais elle fumait une cigarette, ce qui, étant donné son physique, paraissait étrange.

— Je suppose que je peux? dit-elle en suivant le regard de Maigret.

Celui-ci s'assit en face d'elle.

— Racontez.

— Raconter quoi?

— Tout ce que vous savez.

— Je vous l'ai déjà dit.

— A quoi Louise Filon passait-elle ses journées?

— Je ne peux parler que de ce qu'elle faisait le matin. Elle se levait vers dix heures? Ou plutôt elle s'éveillait, mais elle ne se levait pas tout de suite. Je lui apportais du café qu'elle buvait eu lit en fumant et en lisant.

— Qu'est-ce qu'elle lisait?

— Des magazines et des romans. Souvent aussi elle écoutait la radio. Vous avez sans doute remarqué qu'il y a un appareil sur la table de nuit.

— Elle ne téléphonait pas?

— Vers onze heures.

— Tous les jours?

— A peu près tous les jours.

— A Pierrot?

— Oui. Il arrivait qu'à midi elle s'habillât pour aller manger dehors, mais c'était plutôt rare. La plupart du temps, elle m'envoyait chez le charcutier acheter des viandes froides ou des plats préparés.

— Vous n'avez aucune idée de l'emploi de ses après-midi?

— Je suppose qu'elle sortait. Il fallait bien qu'elle sorte puisque je trouvais le matin des souliers sales. Sans doute courait-elle les magasins, comme toutes les femmes.

— Elle ne dînait pas à la maison?

— C'était rare qu'il y ait de la vaisselle sale.

— Vous supposez qu'elle allait rejoindre Pierrot?

— Lui ou un autre.

— Vous êtes sûre que vous ne l'avez jamais vu?

— Sûre.

— Vous n'avez jamais vu d'autre homme non plus?

— Seulement l'employé du gaz ou un garçon livreur.

— Il y a combien de temps que vous n'avez plus fait de prison?

— Six ans.

— Vous avez perdu le goût de voler dans les grands magasins?

— Je n'ai plus l'allure qu'il faut pour cela. Ils sont en train d'emmener le corps.

On entendait du bruit dans le salon et c'étaient en effet les hommes de l'Institut Médico-Légal.

— Elle n'en aura pas profité longtemps!

— Que voulez-vous dire?

— Qu'elle a traîné la misère jusqu'à l'âge de vingt-quatre ans et qu'ensuite elle a eu à peine deux ans de bon.

— Elle vous a fait des confidences?

— Nous causions comme des êtres humains.

— Elle vous a dit d'où elle sortait?

— Elle est née dans le XVIIIe arrondissement, pour ainsi dire dans la rue. Elle a passé le plus clair de son existence dans le quartier de la Chapelle. Quand elle s'est installée ici, elle a cru que cela allait être la belle vie.

— Elle n'était pas heureuse?

La femme de ménage haussa les épaules, regarda Maigret avec une sorte de pitié, comme si elle était surprise de voir celui-ci montrer si peu de compréhension.

— Vous croyez que c'était gai, pour elle, de vivre dans une maison comme celle-ci, où les gens ne daignaient pas la regarder quand ils la croisaient dans l'escalier?

— Pourquoi y est-elle venue?

— Elle devait avoir ses raisons.

— C'était son musicien qui l'entretenait?

— Qui vous a parlé du musicien?

— Peu importe. Pierrot est saxophoniste?

— Je crois. Je sais qu'il joue dans un musette.

Elle ne disait que ce qu'elle voulait bien dire. Maintenant que Maigret avait une idée un peu plus précise du genre de fille qu'avait été Louise Filon, il avait la certitude que, le matin les deux femmes bavardaient à cœur ouvert.

— Je ne pense pas, dit-il, qu'un musicien de musette soit en mesure de payer le loyer d'un appartement comme celui-ci.

— Moi non plus.

— Alors?

— Alors, il devait y avoir quelqu'un d'autre, laissa-t-elle tomber tranquillement.

— Pierrot est venu la voir hier au soir.

Elle ne tressaillit pas, continua à le regarder dans les yeux.

— Je suppose que, du coup, vous avez décidé que c'est lui qui l'a tuée? Il n'y a qu'une chose que je peux vous dire : c'est qu'ils s'aimaient tous les deux.

— Elle vous l'a avoué?

— Non seulement ils s'aimaient, mais ils ne rêvaient que de se marier.

— Pourquoi ne le faisaient-ils pas?

— Peut-être parce qu'ils n'avaient pas d'argent.

Peut-être aussi parce que l'autre ne la lâchait pas.

— L'autre?

— Vous savez aussi bien que moi que je parle de celui qui payait. Il faut vous faire un dessin?

Une idée vint à l'esprit de Maigret qui gagna la chambre à coucher où il ouvrit le placard. Il y prit une paire de pantoufles d'homme en chevreau glacé, faites sur mesure par un bottier de la rue Saint-Honoré, un des plus chers de Paris. Décrochant la robe de chambre, qui était en grosse soie marron, il y trouva la marque d'un chemisier de la rue de Rivoli.

Les hommes de Moers étaient déjà partis. Moers lui-même attendait Maigret dans le salon.

— Qu'est-ce que tu as trouvé?

— Des empreintes, évidemment, des anciennes et des récentes.

— D'hommes?

— D'un homme, au moins. Nous en aurons des épreuves dans une heure.

— Passe-les au service des fiches. Tu vas emporter ces pantoufles et cette robe de chambre. En arrivant au Quai, remets-les à Janvier ou à Torrence. Je voudrais qu'on aille les montrer aux commerçants qui les ont fournis.

— Pour les pantoufles, ce sera facile, je suppose, car elles portent un numéro d'ordre.

Le calme régnait à nouveau dans l'appartement et Maigret alla chercher la femme de ménage dans la cuisine.

— Vous n'avez plus besoin de rester là.

— Je peux nettoyer?

— Pas encore aujourd'hui.

— Qu'est-ce que je fais?

— Vous rentrez chez vous. Je vous interdis de quitter Paris. Il se peut...

— Compris.

— Vous êtes sûre que vous n'avez plus rien à me dire?

— Si je me rappelle de quelque chose, je vous le ferai savoir.

— Encore une question : vous êtes certaine que, entre le moment où vous avez trouvé le corps et le moment où le commissaire de police est arrivé, vous n'avez pas quitté l'appartement?

— Je le jure.

— Et il n'est venu personne?

— Pas un chat.

Elle alla décrocher un sac à provisions qu'elle devait toujours emporter avec elle et Maigret s'assura qu'il ne contenait pas de revolver.

— Fouillez-moi, si le cœur vous en dit.

Il ne la fouilla pas, mais, par acquit de conscience, non sans en être gêné, il passa les mains sur sa robe flottante.

— Jadis, cela vous aurait fait plaisir.

Elle s'en alla et, dans l'escalier, dut croiser Lucas dont le chapeau et le pardessus étaient mouillés.

— Il pleut?

— Depuis dix minutes. Qu'est-ce que je fais, patron?

— Je ne sais pas au juste. Je voudrais que tu restes ici. Si on téléphone, essaie de savoir d'où vient la communication. Il se peut qu'on téléphone vers onze heures. Préviens le bureau qu'on branche la ligne sur la table d'écoute. Pour le reste, continue à fouiller dans les coins. Cela a été fait, mais on ne sait jamais.

— De quoi s'agit-il exactement?

— D'une gamine qui faisait le tapin du côté de Barbès et que quelqu'un a mise dans ses meubles. Autant qu'on en puisse juger, elle avait un musicien de musette comme amant de cœur.

— C'est lui qui l'a tuée?

— Il est venu la voir hier au soir. La concierge affirme que personne d'autre n'est monté.

— On possède son signalement?

— Je vais descendre questionner la concierge une fois de plus.

Celle-ci était occupée à trier le second courrier. Selon elle, Pierrot était un garçon d'une trentaine d'années, blond et costaud, qui avait plutôt les allures d'un garçon boucher que d'un musicien.

— Vous n'avez plus rien à me dire?

— Plus rien, monsieur Maigret. Si je me rappelle quelque chose, je vous le ferai savoir.

C'était curieux. La même réponse, ou presque, que la femme de ménage. Il était persuadé que toutes les deux, sans doute pour des raisons différentes, évitaient de lui révéler tout ce qu'elles savaient.

Comme il aurait sans doute à marcher jusqu'à l'Étoile pour trouver un taxi, il releva le col de son pardessus et se mit en route, les mains dans les poches comme les gens que, le matin, Mme Maigret avait vus de la fenêtre. Le brouillard s'était transformé en une pluie fine et froide qui évoquait l'idée de rhume de cerveau et il entra dans un petit bar au coin de la rue pour boire un grog.

2

Ce fut janvier qui s'occupa du prénommé Pierrot et reconstitua ses faits et gestes jusqu'à l'heure où le musicien prit le parti de disparaître.

Un peu avant onze heures et demie, Lucas, qui furetait paisiblement dans l'appartement de l'avenue Carnot, avait enfin entendu la sonnerie du téléphone. Il avait décroché en ayant soin de ne rien dire, et, à l'autre bout du fil, une voix d'homme avait murmuré :

— C'est toi ?

Avant de se méfier du silence qui l'accueillait, Pierrot avait ajouté :

— Tu n'es pas seule ?

Enfin, une voix inquiète :

— Allo ! C'est bien Carnot 22-35 ?

— Carnot 22-35, oui.

Lucas pouvait entendre la respiration de l'homme dans l'appareil. Il téléphonait d'une cabine publique, sans doute d'un bar, car il y avait eu le bruit caractéristique d'un jeton qui tombe dans la boîte de métal.

Enfin, après un temps, le musicien raccrocha. Il n'y avait qu'à attendre l'appel du préposé à la table d'écoute. Cela prit à peine deux minutes.

— Lucas? Votre type vous a appelé d'un bistrot du boulevard Rochechouart, au coin de la rue Riquet, qui s'appelle *Chez Léon*.

L'instant d'après, Lucas téléphonait au commissariat du quartier de la Goutte d'Or, à deux pas du boulevard Rochechouart.

— Puis-je parler à l'inspecteur Janin?

Il était au bureau, par chance. Lucas lui fournit un signalement approximatif de Pierrot, le nom du bar.

— Ne fais rien avant que Janvier te rejoigne.

Il eut enfin Janvier au bout du fil. Pendant ce temps-là, il pleuvait toujours sur un univers de pierres, de briques et de béton où se faufilaient des silhouettes sombres et des parapluies. Maigret était dans son bureau, la cravate desserrée, quatre pipes bourrées devant lui, à en finir avec un rapport administratif qui devait être fourni avant midi. Janvier ne fit qu'entrouvrir la porte du bureau.

— Il a téléphoné, patron. Nous savons où il est. Lucas a alerté le quartier de la Goutte d'Or et Janin doit être déjà sur les lieux. Je file là-bas. Qu'est-ce que j'en fais?

Le commissaire le regarda avec de gros yeux fatigués.

— Tu me l'amènes, gentiment.

— Vous n'allez pas déjeuner?

— Je me ferai monter des sandwiches.

Janvier se servit d'une des petites autos noires de la P. J. qu'il fit arrêter à une certaine distance du bar. C'était un bistrot étroit, tout en longueur, avec tant de buée sur les vitres qu'on ne voyait pas à l'intérieur. Quand il en poussa la porte, il aperçut Janin qui l'attendait devant un vermouth-cassis. En dehors de lui, il n'y avait que quatre clients. Le carreau du sol était couvert de sciure de bois, les murs, d'un jaune sale, la cabine téléphonique à côté des lavabos?.

— Parti?

Janin, tout en tendant la main, fit signe que oui. Le patron qui devait connaître ce policier du quartier demanda à Janvier d'une voix un peu ironique :

— Vous prenez quelque chose

— Un bock.

Les clients les observaient aussi. Janin avait déjà dû poser ses questions.

— Nous pouvons parler, dit-il à mi-voix. Il est arrivé à onze heures moins le quart, comme les autres jours.

— Le patron connaît son nom?

— Il sait seulement qu'il s'appelle Pierrot, qu'il est musicien, et qu'il doit habiter dans les environs. C'est ici qu'il vient chaque matin, à onze heures moins le quart, boire son café. Presque toujours, à onze heures, il reçoit un coup de téléphone. Ce matin, on ne l'a pas appelé. Il a attendu une demi-heure et est entré dans la cabine. Quand il en est sorti, il paraissait soucieux. Il est encore resté un moment au comptoir, puis a payé et est parti.

— On ignore où il déjeune?

— Le patron prétend l'ignorer. Tu as encore besoin de moi?

— Je ne sais pas. Sortons.

Une fois dehors, Janvier jeta un coup d'œil dans la rue Riquet, très courte où on voyait les enseignes de deux hôtels qui devaient servir de maisons de passe.

Si Pierrot avait l'habitude de prendre son café du

matin dans le petit bar, il y avait des chances pour
qu'il habite à deux pas.

— On va voir?

Le premier hôtel s'appelait l'*Hôtel du Var*. Il y avait
un bureau à droite du couloir, une vieille femme dans
le bureau.

— Pierrot est chez lui?

Janin, qu'elle devait connaître, elle aussi, avait soin
de ne pas se montrer et Janvier était sans doute celui
qui, à la P. J., avait le moins l'air d'un policier.

— Voilà plus d'une heure qu'il est sorti.

— Vous êtes sûre qu'il n'est pas revenu?

— Certaine. Je n'ai pas quitté le bureau. D'ailleurs
sa clef est au tableau.

Elle apercevait enfin Janin qui s'était avancé de
deux pas.

— Oh! C'est ça! Qu'est-ce que vous lui voulez,
à ce garçon?

— Passez-moi le registre. Depuis combien de temps
habite-t-il ici?

— Plus d'un an. Il a une chambre au mois.

Elle alla chercher le livre qu'elle feuilleta.

— Tenez, voilà. Vous savez que la maison est régulière.

Pierrot s'appelait en réalité Pierre Eyraud, était
âgé de vingt-neuf ans et était né à Paris.

— A quelle heure a-t-il l'habitude de revenir?

— Parfois, il rentre dans le début de l'après-midi,
parfois pas.

— Il lui arrive de recevoir une femme?

— Comme à tout le monde.

— Toujours la même?

Elle n'hésita pas longtemps. Elle savait que si elle

ne filait pas doux Janin aurait cent occasions de la prendre en défaut.

— Vous devez la connaître aussi, M. Janin. Elle a assez longtemps traîné dans le quartier. C'est Lulu.

— Lulu qui?

— Je ne sais pas. Je l'ai toujours appelée Lulu. Une belle fille, qui a eu de la chance. Elle a maintenant des manteaux de fourrure et tout, et elle vient ici en taxi.

Janvier questionna :

— Vous l'avez vue hier?

— Non, pas hier, mais avant-hier. C'était bien avant-hier dimanche? Elle est arrivée un peu après midi avec des petits paquets et ils ont déjeuné dans la chambre. Après, ils sont partis bras dessus bras dessous et je suppose qu'ils sont allés au cinéma.

— Donnez-moi la clef?

Elle haussa les épaules. A quoi bon résister!

— Tâchez qu'il ne s'aperçoive pas que vous avez fouillé dans sa chambre. C'est à moi qu'il en voudrait.

Janin resta en bas, par précaution, pour éviter, par exemple, que la vieille téléphone à Pierre Eyraud et le mette au courant. Toutes les portes étaient ouvertes au premier étage, où se trouvaient les chambres qu'on louait à l'heure ou pour un moment. Plus haut, vivaient des locataires à la semaine ou au mois et on entendait des bruits derrière les portes; il devait y avoir un autre musicien dans l'hôtel, car quelqu'un jouait de l'accordéon.

Janvier pénétra au 53, qui donnait sur les cours. Le lit était en fer, la carpette usée, décolorée, comme le tapis de la table. Sur la toilette se trouvait une brosse à dents, un tube de pâte, un peigne, un blaireau et un rasoir. Une grosse valise, dans un coin, qui n'était pas fermée, ne servait qu'à mettre le linge sale.

Janvier ne trouva qu'un seul complet dans le placard, un vieux pantalon, un chapeau de feutre gris et une casquette. Quant au linge de Pierrot, il ne se composait que de trois ou quatre chemises, de quelques paires de chaussettes et de caleçons. Un autre tiroir était plein de cahiers de musique. Ce fut sur la tablette inférieure de la table de nuit qu'il finit par dénicher des mules de femme et, pendant derrière la porte, une robe de chambre en crêpe de chine saumon.

Quand il redescendit, Janin avait eu le temps de bavarder avec la tenancière.

— J'ai l'adresse de deux ou trois restaurants où il a l'habitude de déjeuner, tantôt dans l'un, tantôt dans l'autre.

Dans la rue, seulement, Janvier en prit note.

— Tu ferais mieux de rester ici, dit-il à Janin. Quand les journaux vont sortir de presse, il apprendra ce qui est arrivé à son amie, s'il ne le sait pas déjà. Peut-être passera-t-il par l'hôtel?

— Tu crois que c'est lui?

— Le patron ne m'a rien dit.

Janvier se dirigea d'abord vers un restaurant italien du boulevard Rochechouart, tranquille, confortable, qui sentait la cuisine aux herbes. Deux serveuses en noir et blanc s'affairaient de table en table mais personne ne répondit au signalement de Pierrot.

— Vous n'avez pas vu Pierre Eyraud?

— Le musicien? Non. Il n'est pas arrivé. Quel jour sommes-nous? Mardi? Cela m'étonnerait qu'il vienne, ce n'est pas son jour.

Le deuxième restaurant de la liste était une brasserie, près du carrefour Barbès, et, là non plus, on n'avait pas vu Pierrot.

Il restait une dernière chance, un restaurant de chauffeurs, à la devanture peinte en jaune et au menu écrit sur une ardoise accrochée à la porte. Le patron était derrière le comptoir, à verser du vin. Une seule fille servait, une grande maigre, et on apercevait la patronne dans la cuisine.

Janvier s'approcha du bar d'étain, commanda un bock, et tout le monde devait se connaître, car on l'observait curieusement.

— Je n'ai pas de bière à la pression, dit le patron. Vous ne préférez pas un coup de beaujolais?

Il fit signe que oui, attendit quelques instants avant de demander :

— Pierrot n'est pas venu?

— Le musicien?

— Oui. Il m'a donné rendez-vous ici à midi et quart. Il était midi quarante-cinq.

— Si vous étiez venu à midi et quart, vous l'auriez trouvé.

On ne se méfiait pas. Il avait l'air très naturel.

— Il ne m'a pas attendu?

— A vrai dire, il n'a même pas fini son déjeuner.

— Quelqu'un est venu le chercher?

— Non. Il est parti tout à coup en disant qu'il était pressé.

— A quel moment?

— Il y a environ un quart d'heure.

Janvier, qui faisait du regard le tour des tables, remarqua que deux clients lisaient le journal de l'après-midi tout en déjeunant. Une table, près de la fenêtre n'était pas desservie. Et, à côté d'une assiette qui contenait encore du ragoût de veau, un journal était étalé.

— Il était assis là?

— Oui.

Janvier n'avait que deux cents mètres à parcourir dans la pluie pour rejoindre Janin qui était en faction dans la rue Riquet.

— Il n'est pas rentré?

— Je n'ai vu personne.

— Il se trouvait dans un petit restaurant il y a moins d'une demi-heure. Un marchand de journaux est passé et, après avoir jeté un coup d'œil sur la première page, il est parti précipitamment. Je fais mieux de téléphoner au patron.

Quai des Orfèvres, sur le bureau de Maigret, il y avait un plateau avec deux énormes sandwiches et deux verres de bière. Le commissaire écouta le rapport de Janvier.

— Essaie de découvrir le nom du musette où il travaille. La patronne de l'hôtel le connaît probablement. Cela doit être quelque part dans le quartier. Que Janin continue à surveiller l'hôtel.

Maigret avait raison. La tenancière le savait. Elle aussi avait le journal dans son bureau, mais elle n'avait fait aucun rapprochement entre la Louise Filon dont on parlait et la Lulu qu'elle connaissait. Le journal, d'ailleurs, dans sa première édition, disait seulement :

« Une certaine Louise Filon, sans profession, a été
» trouvée morte ce matin, par sa femme de ménage, dans
» un appartement de l'avenue Carnot. Elle a été tuée
» d'une balle de revolver tirée à bout portant, probable·

» *ment dans la soirée d'hier. Le vol ne paraît pas être*
» *le mobile du crime. Le commissaire Maigret a pris*
» *personnellement l'enquête en main, et nous croyons*
» *savoir qu'il est déjà sur une piste.* »

Pierrot travaillait au *Grelot*, un musette de la rue Charbonnière, presque au coin du boulevard de la Chapelle. C'était toujours dans le quartier, mais dans la partie la moins rassurante de celui-ci. Dès le boulevard de la Chapelle, Janvier rencontra des Arabes qui erraient sous la pluie avec l'air de n'avoir rien à faire. Il y avait d'autres hommes que des Arabes, des femmes aussi, qui, en plein jour, malgré les règlements, attendaient le client sur le seuil des hôtels.

La devanture du *Grelot* était peinte en mauve et, le soir, la lumière devait être mauve aussi. A cette heure-ci, on ne voyait personne à l'intérieur, que le patron, occupé à déjeuner en compagnie d'une femme d'un certain âge, peut-être la sienne. Il regarda s'avancer Janvier qui avait refermé la porte et Janvier comprit que l'homme avait deviné sa profession du premier coup d'œil.

— Qu'est-ce que vous voulez? Le bar n'ouvre qu'à cinq heures.

Janvier montra sa médaille et le tenancier ne broncha pas. Il était court et large, avec le nez et les oreilles d'un ancien boxeur. Au-dessus de la piste, une sorte de balcon était suspendu au mur, sur lequel les musiciens devaient monter par une échelle.

— J'écoute.

— Pierrot n'est pas ici?

L'autre regarda autour de lui la salle vide et se contenta de répondre :

— Vous le voyez?

— Il n'est pas venu aujourd'hui?

— Il ne travaille que le soir à partir de sept heures. Quelquefois il passe vers quatre ou cinq heures pour faire une belote.

— Il a travaillé hier?

Janvier comprit qu'il y avait quelque chose, car l'homme et la femme se regardèrent.

— Qu'est-ce qu'il a fait? demanda prudemment le patron.

— Peut-être rien. Juste une ou deux questions à lui poser.

— Pourquoi?

L'inspecteur joua le tout pour le tout.

— Parce que Lulu est morte.

— Hein! Qu'est-ce que vous me racontez?

Il était réellement surpris. D'ailleurs il n'y avait aucun journal en vue.

— Depuis quand?

— Depuis cette nuit.

— Que lui est-il arrivé?

— Vous la connaissez?

— Dans le temps, c'était une habituée. Elle était ici presque tous les soirs. Je parle d'il y a deux ans.

— Et maintenant?

— Elle venait de temps en temps prendre un verre et écouter la musique.

— A quelle heure, hier soir, Pierrot s'est-il absenté?

— Qui vous a dit qu'il s'est absenté?

— La concierge de l'avenue Carnot, qui le connaît bien, l'a vu entrer dans l'immeuble et en sortir un quart d'heure plus tard.

Le tenancier se tut un bon moment, à réfléchir

sur la conduite à tenir. Lui aussi était à la merci de la police.

— Dites-moi d'abord ce qui est arrivé à Lulu?

— Elle a été tuée.

— Pas par Pierrot! riposta-t-il avec conviction.

— Je n'ai pas dit que c'était par Pierrot.

— Alors, qu'est-ce que vous lui voulez?

— J'ai besoin de certains renseignements. Vous prétendez qu'il a travaillé hier au soir?

— Je ne prétends rien. C'est la vérité. A sept heures, il était là-haut à jouer du saxophone.

Du regard, il désignait l'estrade suspendue.

— Mais, vers neuf heures, il est parti?

— On l'a appelé au téléphone. Il était neuf heures vingt.

— Lulu?

— Je n'en sais rien. C'est probable.

— Moi, je le sais, dit la femme. J'étais près de l'appareil.

Celui-ci ne se trouvait pas dans une cabine, mais dans un renfoncement du mur, près de la porte des lavabos.

— Il lui a dit :

« — *Je viens tout de suite.* »

» Et il s'est tourné vers moi :

» *Mélanie, il faut que je file là-bas.*

» Je lui ai demandé :

» *Quelque chose qui ne va pas?*

» Il a répondu :

» *On le dirait.*

« Et il est monté parler aux autres musiciens avant de se précipiter dehors. »

— A quelle heure est-il revenu?

Ce fut le tour de l'homme de répondre :

— Un peu avant onze heures.

— Il paraissait surexcité?

— Je n'ai rien remarqué. Il s'est excusé de son absence et est allé reprendre sa place. Il a joué jusqu'à une heure du matin. Puis, comme d'habitude, après la fermeture, il a pris un verre avec nous. S'il avait su que Lulu était morte, il n'aurait pas eu ce courage-là. Il était fou d'elle. Et ce n'est pas d'aujourd'hui. Je lui ai répété cent fois :

« — *Mon petit Pierrot, tu as tort! Les femmes, il faut les prendre, pour ce qu'elles valent et...* »

Sa compagne l'interrompit sèchement :

— Merci!

— Ce n'est pas la même chose.

— Lulu n'était pas amoureuse de lui?

— Bien sûr que si.

— Elle avait quelqu'un d'autre?

— Ce n'est pas un saxophoniste qui lui payait un appartement dans le quartier de l'Étoile.

— Vous savez qui c'est?

— Elle ne me l'a jamais dit, Pierrot non plus. Tout ce que je sais, c'est que sa vie a changé après son opération.

— Quelle opération?

— Il y a deux ans, elle a été très malade. Elle vivait alors dans le quartier.

— Elle faisait le tapin?

L'homme haussa les épaules.

— Qu'est-ce qu'elles font par ici?

— Continuez.

— Elle a été transportée à l'hôpital et, quand Pierrot est revenu d'être allé la voir, il a dit qu'il n'y avait pas d'espoir. C'était dans la tête, je ne sais pas quoi. Puis, après deux jours, on l'a transportée dans un autre hôpital, sur la rive gauche. On lui a fait Dieu sait quelle opération et elle a été guérie en quelques semaines. Seulement, elle n'est pas revenue par ici, sinon en visite.

— Elle s'est tout de suite installée avenue Carnot?

— Tu te souviens, toi? demanda le tenancier à sa femme.

— Je me souviens. Elle a d'abord eu un appartement rue La Fayette.

Quand Janvier rentra Quai des Orfèvres, vers trois heures, il n'en savait pas davantage. Maigret était toujours dans son bureau, en bras de chemise, car la pièce était surchauffée, l'air bleu de fumée de pipe.

— Assieds-toi. Raconte.

Janvier raconta ce qu'il avait fait et ce qu'il avait appris.

— J'ai demandé qu'on surveille les gares, lui dit le commissaire quand il eut fini. Jusqu'ici, Pierrot n'a pas essayé de prendre le train.

Il lui montra une fiche anthropométrique sur laquelle il y avait une photographie de face et une photographie de profil d'un homme qui ne paraissait pas trente ans, mais beaucoup moins.

— C'est lui?

— Oui. A vingt ans, il a été arrêté une première fois pour coups et blessures, au cours d'une bagarre dans un bar de la rue de Flandre. Une autre fois, un an et demi plus tard, il a été soupçonné de complicité dans un entôlage commis par une fille avec laquelle il vivait, mais on n'a pas pu le prouver. A vingt-quatre ans, il a été arrêté une dernière fois pour vagabondage spécial.

Il ne travaillait pas à cette époque-là et vivait de la prostitution d'une certaine Ernestine. Depuis, rien. J'ai fait envoyer son signalement à toute la police. Janin surveille toujours l'hôtel ?

— Oui. J'ai cru que c'était prudent.

— Tu as bien fait. Je ne pense pas qu'il y retourne d'ici un certain temps, mais on ne peut pas prendre de risque. Seulement, j'ai besoin de Janin. Je vais envoyer le petit Lapointe prendre sa place. Vois-tu cela m'étonnerait que Pierrot essaie de quitter Paris. Il a passé toute sa vie dans un quartier qu'il connaît dans les coins et où il lui est facile de disparaître. Janin est plus à son aise dans ce quartier-là que nous. Appelle Lapointe.

Celui-ci écouta les instructions et se précipita dehors avec autant de zèle que si toute l'enquête reposait sur lui.

— J'ai aussi le dossier de Louise Filon.

— Entre quinze ans et vingt-quatre ans, elle a été ramassée plus de cent fois par le panier à salade, conduite au Dépôt, examinée, mise en observation et, la plupart du temps, relâchée après quelques jours.

— C'est tout, soupira Maigret en frappant sa pipe sur son talon pour la vider. Ou plutôt ce n'est pas absolument tout, mais le reste est plus vague.

Peut-être parlait-il pour lui-même, pour mettre ses idées en ordre, mais Janvier n'en était pas moins flatté d'être pris à témoin.

— Il existe quelque part un homme qui a installé Lulu dans l'appartement de l'avenue Carnot. Tout de suite, ce matin, j'ai tiqué en trouvant une fille comme elle dans cette maison-là. Tu comprends ce que je veux dire ?

— Oui.

Ce n'était pas le genre d'immeuble où les femmes entretenues ont l'habitude de se loger. Ce n'était même pas le quartier. Cette maison de l'avenue Carnot suait la bourgeoisie cossue et respectable et il était surprenant que la propriétaire ou le gérant ait accepté de louer à une fille.

— Je me suis d'abord dit que, si son amant l'avait mise là, c'était pour l'avoir à proximité de chez lui. Or, il se fait, si la concierge ne ment pas, que Lulu ne recevait pas d'autres visites que celle de Pierrot. Elle ne sortait pas non plus régulièrement et il lui arrivait de rester chez elle pendant une semaine entière.

— Je commence à comprendre.

— A comprendre quoi?

Et Janvier d'avouer en rougissant :

— Je ne sais pas.

— Moi non plus, je ne sais pas. Je ne fais que des suppositions. Les pantoufles d'homme et la robe de chambre trouvées dans le placard n'appartiennent certainement pas au saxophoniste. A la chemiserie de la rue de Rivoli, ils sont incapables de dire qui a acheté la robe de chambre. Ils ont des centaines de clients et n'enregistrent pas les noms pour les ventes faites au comptant. Quant au bottier, c'est un vieil original qui prétend qu'il n'a pas le temps d'examiner ses livres aujourd'hui et promet de le faire un de ces jours. Toujours est-il qu'un homme autre que Pierrot avait l'habitude de se rendre chez Louise Filon et était assez intime avec elle pour s'y mettre en robe de chambre et en pantoufles. Si la concierge ne l'a jamais vu...

— Il habiterait l'immeuble?

— C'est l'explication la plus logique.

— Vous avez la liste des locataires?

— Lucas me l'a téléphonée tout à l'heure.

Janvier se demandait pourquoi le patron avait son air grognon, comme si quelque chose lui déplaisait dans cette histoire.

— Ce que tu m'as dit au sujet de la maladie de Lulu et de son opération pourrait être une indication, et, dans ce cas-là...

Il prit le temps d'allumer sa pipe, se pencha sur une liste de noms qui se trouvait sur son bureau.

— Sais-tu qui habite juste au-dessus de son appartement? Le professeur Gouin, le chirurgien, qui est, comme par hasard, le plus grand spécialiste des opérations du cerveau.

La réaction de Janvier fut :

— Il est marié?

— Bien sûr qu'il est marié, et sa femme vit avec lui.

— Qu'est-ce que vous allez faire?

— D'abord, avoir une conversation avec la concierge qui, si même elle ne m'a pas menti ce matin, ne m'a certainement pas dit toute la vérité. Peut-être aussi irai-je voir la mère Brault, qui doit être dans le même cas.

— Qu'est-ce que je fais, moi?

— Tu restes ici. Quand Janin téléphonera, tu lui demanderas de se mettre à la recherche de Pierrot dans le quartier. Fais-lui porter une photographie.

Il était cinq heures et il faisait noir dans les rues quand Maigret traversa la ville dans une voiture de la police. Le matin, pendant que sa femme regardait par la fenêtre pour voir comment les gens étaient habillés, il avait fait une drôle de réflexion. Il s'était dit que cette journée-là répondait exactement à l'idée qu'on se

fait d'un « jour ouvrable ». Ces deux mots lui étaient
venus à la tête, sans raison, comme on se souvient d'une
ritournelle de chanson. C'était un jour où on n'imaginait pas que les gens puissent être dehors pour leur
plaisir, ni même qu'ils puissent prendre du plaisir
n'importe où, un jour où on était pressé, où on faisait durement ce qu'on avait à faire, pateaugeant sous
la pluie, s'enfournant dans les bouches de métro, dans
les magasins, dans les bureaux, avec rien que de la
grisaille humide autour de soi.

C'est ainsi qu'il avait travaillé, lui aussi ; son bureau
était surchauffé, et c'est sans enthousiasme qu'il se
rendait à nouveau avenue Carnot où le gros immeuble
de pierre était dépourvu d'attrait. Le brave Lucas s'y
trouvait toujours, dans l'appartement du troisième et,
d'en bas, Maigret l'aperçut, une main écartant le
rideau, qui regardait dans la rue d'un œil morne.

Assise devant la table ronde de la loge, la concierge
était occupée à raccommoder des draps et, avec ses
lunettes, elle paraissait moins jeune. Il faisait chaud,
ici aussi, très calme, avec le tic-tac d'une horloge
ancienne et le chuintement d'un poêle à gaz dans la
cuisine.

— Ne vous dérangez pas. Je suis venu pour bavarder avec vous.

— C'est sûr qu'elle a été tuée ? demanda-t-elle alors
qu'il retirait son pardessus et s'asseyait familièrement
en face d'elle.

— A moins que quelqu'un, après sa mort, ait em-
porté le revolver, ce qui paraît improbable. La femme
de ménage n'est restée seule là-haut que quelques minutes et, avant qu'elle parte, je me suis assuré qu'elle
n'emportait rien. Je ne lui ai évidemment pas fait subir

une fouille complète. A quoi pensez-vous, madame Cornet?

— Moi? A rien de particulier. A cette pauvre fille.

— Vous êtes sûre que, ce matin, vous m'avez dit tout ce que vous savez?

Il la vit rougir, baisser la tête davantage sur son ouvrage. Il se passa un moment avant qu'elle questionnât

— Pourquoi me demandez-vous ça?

— Parce que j'ai l'impression que vous connaissez l'homme qui a installé Louise Filon dans la maison. C'est vous qui lui avez loué l'appartement?

— Non. C'est le gérant.

— J'irai le voir et il en saura probablement davantage. Je crois aussi que je vais monter au quatrième, où j'ai quelques renseignements à demander.

Cette fois, elle releva la tête d'un mouvement vif.

— Au quatrième?

— C'est l'appartement du professeur Gouin, n'est-ce pas? Si je comprends bien, lui et sa femme occupent tout l'étage.

— Oui.

Elle s'était ressaisie. Il continuait :

— Je puis en tout cas leur demander si, hier au soir, ils n'ont rien entendu. Ils étaient ici?

— Mme Gouin y était.

— Toute la journée?

— Oui. Sa sœur est venue la voir et est restée jusqu'à onze heures et demie.

— Et le professeur?

— Il est parti pour l'hôpital vers huit heures.

— Quand est-il rentré?

— A onze heures un quart environ. Un peu avant le départ de sa belle-sœur.

— Le professeur se rend souvent le soir à l'hôpital?

— Assez rarement. Seulement quand il y a un cas urgent.

— Il est là-haut en ce moment?

— Non. Il ne rentre presque jamais avant l'heure du dîner. Il a bien un bureau dans l'appartement, mais il ne reçoit pas de malades, sauf dans des cas exceptionnels.

— Je vais aller questionner sa femme.

Elle le laissa se lever, se diriger vers la chaise sur laquelle il avait posé son pardessus. Il allait ouvrir la porte quand elle murmura :

— Monsieur Maigret!

Il s'y attendait un peu et se retourna avec un léger sourire. Comme elle cherchait ses mots, l'air presque suppliant, il prononça :

— C'est lui?

Elle se méprit.

— Vous ne voulez pas dire que c'est le professeur qui...?

— Mais non, ce n'est pas ce que je veux dire. Ce dont je suis presque sûr, c'est que c'est le professeur Gouin qui a installé Louise Filon dans la maison.

Elle fit oui de la tête, à regret.

— Pourquoi ne me le disiez-vous pas?

— Vous ne me l'avez pas demandé.

— Je vous ai demandé si vous connaissiez l'homme qui...

— Non. Vous m'avez demandé si je voyais parfois quelqu'un monter en dehors du musicien.

Il était inutile de discuter.

— Le professeur vous a priée de vous taire?

— Non. Cela lui est égal.

— Comment le savez-vous?

— Parce qu'il ne se cache pas.

— Alors, pourquoi ne m'avez-vous pas dit...

— Je ne sais pas. J'ai pensé que c'était inutile de le mettre en cause. Il a sauvé mon fils. Il l'a opéré gratuitement et l'a soigné pendant plus de deux ans.

— Où est votre fils?

— A l'armée. En Indochine.

— Mme Gouin est au courant?

— Oui. Elle n'est pas jalouse. Elle est habituée.

— En somme, toute la maison sait que Lulu est la maîtresse du professeur?

— Ceux qui ne le savent pas, c'est qu'ils n'ont pas envie de le savoir. Ici les locataires s'occupent peu les uns des autres. Il lui est arrivé souvent de descendre au troisième en pyjama et en robe de chambre.

— Quel homme est-ce?

— Vous ne le connaissez pas?

Elle regardait Maigret d'un air déçu. Le commissaire avait souvent vu la photographie de Gouin dans les journaux mais n'avait jamais eu l'occasion de le rencontrer personnellement.

— Il doit avoir près de la soixantaine, non?

— Soixante-deux. Il ne les paraît pas. D'ailleurs, pour les hommes comme lui, l'âge ne compte pas.

Maigret se souvenait vaguement d'une tête puissante, au nez fort, au menton dur, mais aux joues déjà affaissées, aux yeux soulignés de poches. C'était amusant de voir la concierge parler de lui avec le même enthousiasme qu'une gamine du Conservatoire parle de son professeur.

— Vous ne savez pas s'il l'a vue hier soir avant de partir pour l'hôpital?

— Je vous ai dit qu'il n'était que huit heures, et le jeune homme est venu plus tard.

Tout ce qui l'intéressait, c'était de mettre Gouin hors du coup.

— Et après son retour?

Elle cherchait visiblement la meilleure réponse à faire.

— Certainement pas.

— Pourquoi?

— Parce que sa belle-sœur est descendue quelques minutes après qu'il est monté.

— Vous croyez qu'il a rencontré sa belle-sœur?

— Je suppose qu'elle l'attendait pour s'en aller.

— Vous le défendez avec chaleur, madame Cornet.

— Je ne dis que la vérité.

— Puisque Mme Gouin est au courant, il n'y a aucune raison pour que je n'aille pas la voir.

— Vous croyez que c'est délicat?

— Peut-être que non. Vous avez raison.

Il ne s'en dirigeait pas moins vers la porte.

— Où allez-vous?

— Là-haut. Je laisserai la porte entrouverte et, quand le professeur rentrera, je lui demanderai un instant d'entretien.

— Si vous y tenez.

— Merci.

Elle lui était sympathique. La porte refermée, il se retourna pour la regarder à travers la vitre. Elle s'était levée et, en l'apercevant, elle parut se repentir de l'avoir fait si vite. Elle se dirigea vers la cuisine comme si elle avait quelque chose d'urgent à y faire, mais il fut persuadé que ce n'était pas vers la cuisine qu'elle avait eu envie de se précipiter, bien plutôt vers le guéridon proche de la fenêtre où se trouvait l'appareil téléphonique.

3

Où L'AS-TU TROUVÉE?
demanda Maigret à Lucas.

— Sur la plus haute planche, dans le placard de la cuisine.

C'était une boîte à chaussures en carton blanc et Lucas avait laissé sur le guéridon la ficelle rouge qui l'entourait quand il l'avait découverte. Son contenu rappelait à Maigret d'autres « trésors » qu'il avait vus si souvent à la campagne ou chez de pauvres gens, le livret de mariage, quelques lettres jaunies, parfois une reconnaissance du Mont-de-Piété, pas toujours dans une boîte mais dans une soupière du beau service ou dans un compotier.

Le trésor de Louise Filon n'était pas tellement différent. Il ne comportait pas le livret de mariage, mais un extrait d'acte de naissance délivré par la mairie du XVIIIe attestant que la nommée Louise Marie Joséphine Filon était née à Paris d'un certain Louis Filon, boyauteur, habitant rue de Cambrai, près des abattoirs de la Villette, et de Philippine Le Flem, blanchisseuse.

C'était de celle-ci, probablement, qu'il y avait une photographie prise par un photographe du quartier. La traditionnelle toile de fond représentait un parc avec balustrade en premier plan. La femme, qui devait avoir une trentaine d'années au moment où le portrait avait été fait, n'avait pas été capable de sourire au commandement du photographe et regardait fixement devant elle. Sans doute avait-elle eu d'autres enfants que Louise, car son corps était déjà déformé, ses seins vides dans son corsage.

Lucas s'était rassis dans le fauteuil qu'il occupait avant d'aller ouvrir la porte au commissaire. Celui-ci n'avait pu s'empêcher de sourire, en entrant, car près de la cigarette qui brûlait dans un cendrier, se trouvait, ouvert, un des romans populaires de Lulu que le brigadier avait dû saisir par ennui et dont il avait lu presque la moitié.

— Elle est morte, dit Lucas en désignant la photo. Il y a sept ans.

Il tendait à son chef une coupure de journal, la partie consacrée à l'état civil, qui énumérait les personnes décédées ce jour-là, parmi lesquelles la nommée Philippine Filon, née le Flem.

Les deux hommes avaient laissé la porte entrouverte et Maigret tendait l'oreille au bruit de l'ascenseur. La seule fois que celui-ci avait fonctionné, il s'était arrêté au second étage.

— Son père?

— Seulement cette lettre-ci.

Elle était écrite au crayon, sur du papier bon marché, et l'écriture était de quelqu'un qui n'est pas allé beaucoup à l'école.

« *Ma chère Louise,*

» *La présente pour te dire que je suis encore une fois* » *à l'hôpital et que je suis très malheureux. Peut-être*

» *que tu auras le bon cœur de m'envoyer un peu d'argent*
» *pour m'acheter du tabac. Ils prétendent que cela me*
» *fait du mal de manger et ils me laissent mourir de*
» *faim. J'envoie cette lettre dans le bar où quelqu'un*
» *qui est ici prétend t'avoir vue. Sans doute qu'on t'y*
» *connaît. Je ne ferai pas de vieux os.* »

« *Ton père.* »

Dans le coin figurait le nom d'un hôpital de Béziers dans l'Hérault. Aucune date ne permettait de savoir quand la lettre avait été écrite, probablement deux ou trois ans plus tôt, à en juger par le jaunissement du papier.

Louise Filon en avait-elle reçu d'autres? Pourquoi n'avait-elle gardé que celle-là? Était-ce parce que son père était mort peu après?

— Tu te renseigneras à Béziers.

— Bien, patron.

Maigret ne vit pas d'autres lettres, seulement des photographies, la plupart prises sur des champs de foire, certaines qui représentaient Louise seule, d'autres en compagnie de Pierrot. Il y avait aussi des photos d'identité de la jeune femme faites par des appareils automatiques.

Le reste consistait en menus objets, gagnés à la foire aussi, un chien en faïence, un cendrier, un éléphant en verre filé et même des fleurs en papier.

Cela aurait été normal de dénicher un trésor comme celui-là quelque part du côté de Barbès ou du boulevard de la Chapelle. Ici, dans un appartement de l'avenue Carnot, la boîte en carton prenait un aspect presque tragique.

— Rien d'autre?

Au moment où Lucas allait répondre, ils tressaillirent tous les deux en entendant la sonnerie du téléphone et Maigret s'empressa de décrocher.

— Allô! dit-il.

— Est-ce que M. Maigret est là?

Une femme était à l'autre bout du fil.

— C'est moi-même.

— Je vous demande pardon de vous déranger, monsieur le commissaire. J'ai téléphoné à votre bureau où l'on m'a répondu que vous étiez probablement ici ou que vous passeriez. C'est Mᵐᵉ Gouin qui parle.

— Je vous écoute.

— Puis-je descendre pour avoir un moment d'entretien avec vous?

— Ne serait-il pas plus simple que je monte vous voir?

La voix était ferme. Elle le resta pour répondre :

— Je préférerais descendre, afin d'éviter que mon mari vous trouve dans notre appartement en rentrant.

— Comme vous voudrez.

— J'arrive tout de suite.

Maigret eut le temps de souffler à Lucas :

— La femme du professeur Gouin, qui habite l'étage au-dessus.

Quelques instants plus tard, ils entendirent des pas dans l'escalier, puis quelqu'un qui franchissait la première porte laissée ouverte et la refermait. On frappa ensuite à la porte communiquant avec le vestibule, restée entrouverte, et Maigret s'avança en prononçant :

— Entrez, madame.

Elle le fit avec naturel, comme elle serait entrée dans n'importe quel appartement et, sans examiner la pièce, son regard se porta tout de suite sur le commissaire.

— Je vous présente le brigadier Lucas. Si vous voulez vous asseoir...

— Je vous remercie.

Elle était grande, assez forte, sans être grasse. Alors que Gouin avait soixante-deux ans, elle en avait probablement quarante-cinq et n'en paraissait pas davantage.

— Je suppose que vous vous attendiez un peu à mon coup de téléphone? dit-elle avec une ombre de sourire.

— La concierge vous a prévenue?

Elle hésita un instant, sans le quitter des yeux, et son sourire s'accentua.

— C'est vrai. Elle vient de me téléphoner.

— Vous saviez donc que j'étais ici. Si vous avez téléphoné à mon bureau, c'est seulement pour donner à votre démarche un air de spontanéité.

C'est à peine si elle rougit, et elle ne perdait rien de son assurance.

— J'aurais dû me douter que vous devineriez. Je me serais mise en rapport avec vous de toutes façons, croyez-le. Dès ce matin, quand j'ai appris ce qui s'est passé ici, j'ai eu l'intention de vous parler.

— Pourquoi ne l'avez-vous pas fait?

— Peut-être parce que j'aurais préféré que mon mari ne fût pas mêlé à cette histoire.

Maigret ne l'avait pas quittée de l'œil. Il avait noté qu'elle n'avait pas eu un regard pour le décor qui les entourait, qu'elle n'avait fait montre d'aucune curiosité.

— Quand êtes-vous venue ici pour la dernière fois, madame?

Cette fois encore, il y eut une légère rougeur à ses

pommettes, mais elle continua à se montrer belle
joueuse.

— Vous savez cela aussi? Pourtant, on n'a pas pu
vous le dire. Pas même Mme Cornet.

Elle réfléchissait, ne tardait pas à trouver la réponse
à sa question.

— Sans doute ne me suis-je pas comportée comme
quelqu'un qui entre pour la première fois dans un
appartement, surtout dans un appartement où un
crime a été commis?

Lucas était maintenant assis sur le canapé, presque
à la place que le corps de Louise Filon occupait le
matin. Mme Gouin s'était installée dans un fauteuil
et Maigret restait debout, le dos à la cheminée où il n'y
avait que des bûches postiches.

— Je vais en tout cas vous répondre. Une nuit,
il y a sept ou huit mois, la personne qui vivait ici m'a
appelée, affolée, parce que mon mari venait d'avoir
une syncope cardiaque.

— Il se trouvait dans la chambre à coucher?

— Oui. Je suis descendue et je lui ai donné les
premiers soins.

— Vous avez fait des études de médecine?

— Avant notre mariage, j'étais infirmière.

Depuis qu'elle était entrée, Maigret s'était demandé
à quel milieu elle appartenait, sans parvenir à le découvrir par lui-même. Maintenant, il comprenait mieux
son genre d'assurance.

— Continuez.

— C'est presque tout. J'allais téléphoner à un médecin de nos amis quand Étienne est revenu à lui et m'a
interdit d'appeler qui que ce soit.

— Il a été surpris de vous trouver à son chevet?

— Non. Il m'a toujours tenue au courant. Il ne me cachait rien. Cette nuit-là, il est remonté avec moi et a fini par dormir paisiblement.

— C'était sa première attaque?

— Il en avait eu une autre, plus bénigne, trois ans auparavant.

Elle était toujours calme, maîtresse d'elle-même, comme on l'imaginait en tenue d'infirmière au chevet d'un malade. Le plus surpris, c'était Lucas qui n'était pas encore au courant de la situation et qui ne comprenait pas qu'une femme parlât aussi tranquillement de la maîtresse de son mari.

— Pourquoi, demanda Maigret, avez-vous désiré me parler ce soir?

— La concierge m'a appris que vous avez l'intention d'avoir un entretien avec mon mari. Je me suis demandé s'il n'était pas possible de l'éviter, si un entretien avec moi ne vous fournirait pas les mêmes renseignements. Vous connaissez le professeur?

— Seulement de réputation.

— C'est un homme exceptionnel, comme on n'en compte que quelques-uns par génération.

Le commissaire approuva de la tête.

— Il consacre toute sa vie à son travail, qui est pour lui un véritable apostolat. Outre ses cours et son service à l'hôpital Cochin, il lui arrive de pratiquer trois ou quatre opérations le même jour, et vous savez sans doute que ce sont des opérations extrêmements délicates. Est-il surprenant que je m'efforce d'écarter de lui tout souci?

— Vous avez vu votre mari depuis la mort de Louise Filon?

— Il est rentré déjeuner. Ce matin, quand il est

parti, il y avait déjà des allées et venues dans cet appartement, mais nous ne savions rien.

— Quelle a été son attitude à midi?

— Cela a été un coup pour lui.

— Il l'aimait?

Elle le regarda un moment sans répondre. Puis elle eut un coup d'œil à Lucas, dont la présence semblait lui être désagréable.

— Je crois, M. Maigret, d'après ce que je sais de vous, que vous êtes un homme capable de comprendre. C'est justement parce que les autres ne comprendraient pas que je voudrais éviter que cette histoire s'ébruite. Le professeur est un homme que des racontars ne doivent pas atteindre et son activité est trop précieuse pour tout le monde pour que l'on risque de l'amoindrir par des soucis inutiles.

Malgré lui, le commissaire jeta un coup d'œil à la place que le corps de Lulu occupait le matin et c'était comme un commentaire aux mots « soucis inutiles ».

— Vous me permettez d'essayer de vous donner une idée de son caractère?

— Je vous en prie.

— Vous savez probablement qu'il est né d'une famille de paysans pauvres des Cévennes.

— Je savais qu'il sortait d'une famille de paysans.

— Ce qu'il est devenu, il l'est devenu à force de volonté. On pourrait dire sans presque exagérer qu'il n'a jamais été un enfant, ni un jeune homme. Vous comprenez ma pensée?

— Très bien.

— C'est une sorte de force de la nature. Encore que je sois sa femme, je me permets d'ajouter que c'est un homme de génie, car d'autres l'ont dit avant moi et continuent de le dire.

Maigret approuvait toujours.

— Les gens, en général, ont une étrange attitude vis-à-vis des génies. Ils veulent bien admettre qu'ils soient différents des autres en ce qui concerne l'intelligence et l'activité professionnelle. N'importe quel malade trouve normal que Gouin se lève à deux heures du matin pour une opération urgente qu'il est seul à pouvoir pratiquer, et qu'à neuf heures il soit à l'hôpital, penché sur d'autres patients. Or, ces mêmes malades seraient choqués d'apprendre que, dans d'autres domaines, il est différent d'eux aussi.

Maigret devinait la suite, mais il préférait la laisser parler. Elle le faisait d'ailleurs avec une tranquillité convaincante.

— Étienne ne s'est jamais préoccupé des petits plaisirs de la vie. Il n'a pour ainsi dire pas d'amis. Je ne me souviens pas qu'il ait pris de réelles vacances. Sa dépense d'énergie est incroyable. Et, la seule façon qu'il ait jamais eue de se détendre, c'est avec les femmes.

Elle jeta un coup d'œil à Lucas, se tourna à nouveau vers Maigret.

— J'espère que je ne vous choque pas?

— Pas du tout.

— Vous me comprenez bien? Il n'est pas homme à faire la cour aux femmes. Il n'en aurait ni la patience, ni le goût. Ce qu'il leur demande, c'est une détente brutale, et je ne pense pas qu'il ait jamais été amoureux de sa vie.

— De vous non plus?

— Je me le suis souvent demandé. Je n'en sais rien.

Il y a vingt-deux ans que nous sommes mariés. A cette époque-là, il était célibataire et vivait avec une vieille gouvernante.

— Dans cette maison?

— Oui. Il a loué notre appartement par hasard, alors qu'il avait trente ans, et il n'a jamais eu l'idée d'en changer, même quand il a été nommé à Cochin, qui est à l'autre bout de la ville.

— Vous étiez dans son service?

— Oui. Je suppose que je peux vous parler crûment?

C'était toujours la présence de Lucas qui la gênait et Lucas, qui le sentait était mal à l'aise, croisait et décroisait ses courtes jambes.

— Pendant des mois, il n'a pas fait attention à moi. Je savais, comme tout l'hôpital, que la plupart des infirmières y passaient un jour ou l'autre et que cela ne tirait pas à conséquence. Le lendemain, il ne paraissait pas s'en souvenir. Une nuit que j'étais de garde et que nous avions à attendre le résultat d'une opération qui avait duré trois heures, il m'a prise, sans un mot.

— Vous l'aimiez?

— Je crois que oui. En tout cas, je l'admirais. Quelques jours plus tard, j'ai été surprise qu'il me propose de déjeuner avec lui dans un restaurant du Faubourg Saint-Jacques. Il m'a demandé si j'étais mariée. Il ne s'en était pas préoccupé jusque-là. Puis il m'a demandé ce que mes parents faisaient et je lui ai répondu que mon père était pêcheur en Bretagne. Je vous ennuie?

— Pas du tout.

— Je voudrais tant que vous le compreniez.

— Vous n'avez pas peur qu'il rentre et s'étonne de ne pas vous trouver là-haut?

— Avant de descendre, j'ai téléphoné à la clinique

Saint-Joseph, où il opère en ce moment, et je sais qu'il ne rentrera pas avant sept heures et demie.

Il était six heures et quart.

— Qu'est-ce que je disais ? Oui. Nous avons déjeuné ensemble et il a voulu savoir ce que faisait mon père. Maintenant, cela devient plus difficile. Surtout que je n'aimerais pas que vous vous mépreniez. Cela l'a rassuré de savoir que je sortais d'une famille du genre de la sienne. Ce que tout le monde ignore, c'est qu'il est terriblement timide, j'allais dire maladivement timide, mais seulement vis-à-vis des gens qui appartiennent à une autre classe sociale. Je suppose que c'est pour cela qu'à quarante ans il n'était pas marié et qu'il n'était jamais allé dans ce qu'on appelle le monde. Toutes les filles qu'il prenait étaient des filles du peuple.

— Je comprends.

— Je me demande si, avec une autre, il aurait pu...

Elle rougit en disant ces mots auxquels elle donnait ainsi un sens précis.

— Il s'est habitué à moi, sans cesser d'agir avec les autres comme il l'avait toujours fait. Puis, un beau jour, il m'a demandé, comme distraitement, si je voulais l'épouser. C'est toute notre histoire. Je suis venue vivre ici. J'ai tenu sa maison.

— La gouvernante est partie ?

— Une semaine après notre mariage. Inutile d'ajouter que je ne suis pas jalouse. Ce serait ridicule de ma part.

Maigret ne se souvenait pas d'avoir regardé quelqu'un aussi intensément qu'il regardait cette femme et elle le sentait, elle n'en était pas intimidée, au contraire, elle paraissait comprendre la sorte d'intérêt qu'il lui portait.

Elle cherchait à tout dire, à ne laisser dans l'ombre aucun trait de caractère de son grand homme.

— Il a continué à coucher avec les infirmières, avec ses assistantes successives, avec, en définitive, toutes les filles qui lui tombent sous la main et qui ne sont pas susceptibles de lui compliquer l'existence. Peut-être est-ce le grand point. Pour rien au monde, il n'accepterait une aventure qui lui ferait perdre un temps qu'il considère devoir à son travail.

— Lulu?

— Vous savez déjà qu'on l'appelait Lulu? Je vais y arriver. Vous verrez que c'est aussi simple que le reste. Vous permettez que je prenne un verre d'eau?

Lucas voulut se lever, mais elle avait déjà gagné la porte de la cuisine où on entendit couler le robinet. Quand elle se rassit, elle avait les lèvres humides, une goutte de liquide sur le menton.

Elle n'était pas jolie dans le sens habituel du mot, pas belle non plus, en dépit de ses traits réguliers. Mais elle était plaisante à regarder. Il y avait en elle comme une influence calmante. Malade, Maigret aurait aimé être soigné par elle. Et c'était aussi la femme avec qui on pouvait aller déjeuner ou dîner quelque part sans se soucier de lui tenir la conversation. Une amie, en somme, qui comprenait tout, ne s'étonnait, ne se choquait, ne s'indignait de rien.

— Je suppose que vous connaissez son âge?

— Soixante-deux ans.

— Oui. Remarquez qu'il n'a rien perdu de sa vigueur. Et je prends le mot dans toutes ses acceptions. Je crois néanmoins que tous les hommes, à un certain âge, sont effrayés à l'idée de voir diminuer leur virilité.

Elle se rendit compte en parlant que Maigret avait dépassé la cinquantaine, balbutia :

— Je vous demande pardon...

— De rien.

Ce fut la première fois qu'ils sourirent ensemble.

— Je suppose qu'il en est de même pour les autres. Je n'en sais rien. Toujours est-il qu'Étienne a apporté plus d'acharnement que jamais à son activité sexuelle. Je ne vous choque toujours pas?

— Toujours pas.

— Il y a deux ans environ, il a eu une petite patiente, Louise Filon, à qui il a miraculeusement sauvé la vie. Je pense que vous connaissez déjà toute son existence précédente? Elle est sortie d'aussi bas qu'on peut sortir, et c'est probablement ce qui a intéressé mon mari.

Maigret approuva de la tête, car tout ce qu'elle disait sonnait vrai et avait la simplicité d'un rapport de police.

— Il a dû commencer à l'hôpital, quand elle était convalescente. Ensuite il l'a installée dans un appartement de la rue La Fayette, après m'en avoir parlé incidemment. Il ne me donnait pas de détails. Il avait la pudeur de ces choses-là et il l'a conservée. Tout à coup, au cours d'un repas, il m'apprenait ce qu'il avait fait, ou ce qu'il avait l'intention de faire. Je ne lui posais pas de questions. Et puis, nous n'en parlions plus.

— C'est vous qui avez suggéré qu'elle vienne habiter l'immeuble?

Cela parut lui faire plaisir que Maigret ait deviné.

— Pour que vous compreniez, je dois encore vous donner d'autres détails. Je m'excuse d'être aussi longue. Mais tout se tient. Autrefois, Étienne conduisait lui-même sa voiture. Voilà quelques années, quatre ans exactement, il a eu un léger accident place de la

Concorde, Il a renversé une femme qui passait et qui par bonheur, n'a eu que des contusions. Toujours est-il qu'il en a été impressionné. Pendant quelques mois, nous avons eu un chauffeur, mais il n'a jamais pu s'y habituer. Cela le choquait qu'un homme dans la force de l'âge n'ait rien d'autre à faire que l'attendre pendant des heures au bord du trottoir. Je lui ai proposé de le conduire, mais ce n'était pas pratique non plus et il a pris l'habitude de se servir de taxis. L'auto est restée plusieurs mois au garage et nous avons fini par la revendre. Le matin, c'est toujours le même taxi qui vient le chercher et qui fait une partie de sa tournée avec lui. Il y a du chemin d'ici au Faubourg Saint-Jacques. Il a des patients à Neuilly aussi, souvent dans d'autres hôpitaux de la ville. D'aller rue La Fayette, par surcroît...

Maigret approuvait toujours, tandis que Lucas paraissait somnoler.

— Le hasard a voulu qu'un appartement devînt libre dans la maison.

— Un instant. Votre mari passait souvent la nuit rue La Fayette?

— Une partie de la nuit seulement. Il tenait à être ici le matin à l'arrivée de son assistante, qui lui sert de secrétaire.

Elle eut un petit rire.

— Ce sont, en quelque sorte, des complications domestiques qui ont tout fait. Je lui ai demandé pourquoi il n'installerait pas la fille ici.

— Vous saviez qui elle était?

— Je savais tout sur elle, y compris qu'elle avait un amant nommé Pierrot.

— Il le savait également?

— Oui. Il n'était pas jaloux. Il n'aurait probablement pas aimé le trouver avec Lulu, mais, du moment que cela se passait en dehors de lui...

— Continuez. Il a accepté. Et elle?

— Il paraît qu'elle a résisté pendant un certain temps.

— Quels étaient, à votre avis, les sentiments de Louise Filon à l'égard du professeur?

Maigret commençait machinalement à parler sur le même ton que Mme Gouin de cet homme qu'il n'avait jamais vu et qui semblait presque présent dans la pièce.

— Vous désirez que je sois franche?

— Je vous en prie.

— D'abord, comme toutes les femmes qui l'approchent, elle a subi son ascendant. Vous allez penser que c'est un étrange orgueil de ma part, mais, alors qu'il n'est pas ce qu'on appelle beau et qu'il est loin d'être jeune, je connais peu de femmes qui lui aient résisté. Les femmes, d'instinct, sentent sa force et...

Cette fois, elle ne trouva pas les mots qu'elle cherchait.

— Enfin! C'est un fait, et je ne crois pas que les personnes que vous interrogerez me démentiront. Il en a été de cette fille comme des autres. En outre, il lui a sauvé la vie et l'a traitée comme elle n'avait pas l'habitude d'être traitée.

C'était toujours clair et logique.

— Je suis persuadée, pour être sincère jusqu'au bout, que la question d'argent a joué son rôle. Sinon l'argent proprement dit, tout au moins la perspective d'une certaine sécurité, d'une existence exempte de soucis.

— Elle n'a jamais parlé de le quitter pour suivre son amant?

— Pas à ma connaissance.

— Vous l'avez déjà vu cet homme?

— Je l'ai croisé une fois sous la voûte.

— Il venait souvent ici?

— En principe, non. Elle le retrouvait l'après-midi je ne sais où. A de rares occasions, il lui est arrivé de venir la voir.

— Votre mari l'a su?

— C'est possible.

— Cela lui aurait déplu?

— Peut-être, sans pourtant que ce soit par jalousie. C'est difficile à expliquer.

— Votre mari était très attaché à cette fille?

— Elle lui devait tout. Il l'avait presque créée, puisque, sans lui, elle serait morte. Peut-être pensait-il au jour où il n'en aurait plus d'autres? Enfin, devant elle, mais ceci n'est qu'une supposition, il n'avait honte de rien.

— Et devant vous?

Elle fixa un instant le tapis.

— Je suis quand même une femme.

Il faillit riposter :

— Tandis qu'elle n'était rien!

Car c'était bien là sa pensée, peut-être aussi était-ce celle du professeur?

Il préféra se taire. Tous les trois gardèrent un moment le silence. La pluie, dehors, continuait à tomber sans bruit. Des fenêtres s'étaient éclairées dans la maison d'en face et une ombre se mouvait derrière les rideaux crème d'un appartement.

— Parlez-moi de la soirée d'hier, prononça enfin Maigret, qui ajouta, en montrant sa pipe qu'il venait de bourrer :

— Vous permettez?

— Je vous en prie.

Jusque-là, il avait été si intéressé par Mme Gouin qu'il n'avait pas pensé à fumer.

— Qu'est-ce que vous désirez que je vous dise?

— Un détail, d'abord. Votre mari avait-il l'habitude de dormir chez elle?

— C'était extrêmement rare. Là-haut, nous occupons tout l'étage. A gauche se trouve ce que nous appelons l'appartement. A droite, mon mari a sa chambre et sa salle de bains, une bibliothèque, une autre pièce où il entasse jusque sur le plancher des brochures scientifiques et enfin son bureau et celui de sa secrétaire.

— Vous faites donc chambre à part.

— Nous l'avons toujours fait. Nos chambres ne sont séparées que par un boudoir.

— Je puis vous poser une question indiscrète?

— Vous avez tous les droits.

— Vous entretenez encore des relations conjugales avec votre mari?

Elle regarda une fois de plus le pauvre Lucas qui se sentait de trop et ne savait comment se tenir.

— Rarement.

— Pour ainsi dire jamais?

— Oui.

— Depuis longtemps?

— Depuis des années.

— Cela ne vous manque pas?

Elle ne s'effaroucha pas, sourit, hocha la tête.

— C'est une confession que vous me demandez, et je suis prête à vous répondre aussi franchement que possible. Mettons que cela me manque un peu.

— Vous ne lui en laissez rien voir?

— Certainement pas.

— Vous n'avez pas d'amant?

— L'idée ne m'en est pas venue.

Elle prit un temps, riva son regard au sien.

— Vous me croyez?

— Oui.

— Je vous en remercie. Les gens n'acceptent pas toujours la vérité. Quand on est la compagne d'un homme comme Gouin, on est prête à certains sacrifices.

— Il descendait la voir et remontait?

— Oui.

— Il l'a fait hier au soir?

— Non. Cela ne lui arrivait pas tous les jours. Parfois, il était près d'une semaine à se contenter d'une visite de quelques minutes. Cela dépendait de son travail. Cela dépendait sans doute aussi des occasions qu'il trouvait ailleurs.

— Il n'a pas cessé d'avoir des rapports avec d'autres femmes?

— Le genre de rapports que je vous ai décrits.

— Et hier...?

— Il l'a vue quelques minutes après le dîner. Je le sais parce qu'il n'a pas pris l'ascenseur en partant, ce qui est un signe.

— Comment pouvez-vous affirmer qu'il n'est resté que quelques minutes?

— Parce que je l'ai entendu sortir de cet appartement et appeler l'ascenseur.

— Vous le guettiez?

— Vous êtes terrible, monsieur Maigret. Je le guettais, oui, comme je le faisais toujours, non par jalousie, mais... Comment m'expliquer sans paraître préten-

tieuse? Parce que je considérais comme mon devoir
de le protéger, de savoir tout ce qu'il faisait, où il
était, de le suivre en pensée.

— Quelle heure était-il?

— Environ huit heures. Nous avions mangé rapi-
dement, car il devait passer la soirée à Cochin. Il était
inquiet des suites d'une opération qu'il avait prati-
quée l'après-midi et désirait se tenir à portée du patient.

— Il a donc passé quelques minutes dans cet appartement puis il a pris l'ascenseur?

— Oui. Son assistante, Mlle Decaux, l'attendait
en bas, comme elle en a l'habitude quand il retourne
le soir à l'hôpital. Elle habite à deux pas, rue des Acacias,
et ils font toujours la route ensemble.

— Elle aussi? demanda-t-il, donnant un sens évident à ces deux mots.

— Elle aussi, à l'occasion. Cela vous paraît mons-
trueux?

— Non.

— Où en étais-je? Ma sœur est arrivée vers huit
heures et demie.

— Elle habite Paris?

— Boulevard Saint-Michel, en face de l'École des
Mines. Antoinette a cinq ans de plus que moi et ne
s'est jamais mariée. Elle travaille dans une bibliothèque
municipale et c'est le type de la vieille fille.

— Elle est au courant de la vie de votre mari?

— Elle ne sait pas tout. Mais, pour ce qu'elle en a
découvert, elle le déteste et le méprise intensément.

— Ils ne s'entendent pas?

— Elle ne lui adresse pas la parole. Ma sœur est
restée très catholique et, pour elle, Gouin est le diable
en personne.

— Comment la traite-t-il de son côté?

— Il l'ignore. Elle vient rarement, seulement quand je suis seule à la maison.

— Elle l'évite?

— Autant que possible.

— Pourtant, hier...

— Je vois que la concierge vous a tout dit. C'est exact qu'hier au soir ils se sont rencontrés. Je n'attendais pas mon mari avant minuit au plus tôt. Nous avons bavardé, ma sœur et moi.

— De quoi?

— De tout et de rien.

— Vous avez parlé de Lulu?

— Je ne crois pas.

— Vous n'en êtes pas sûre?

— Au fait, si. Je ne sais pas pourquoi je vous ai répondu évasivement. Il a été question de nos parents.

— Ils sont morts?

— Ma mère est morte, mais mon père vit encore, dans le Finistère. Nous avons d'autres sœurs, là-bas. Nous étions six filles et deux garçons.

— Certains habitent Paris?

— Seulement Antoinette et moi. A onze heures et demie, peut-être un peu avant, nous avons été surprises d'entendre la porte s'ouvrir et de voir entrer Étienne Il s'est contenté d'un signe de tête. Antoinette m'a dit au revoir et est partie presque tout de suite.

— Votre mari n'est pas descendu?

— Non. Il était fatigué, inquiet pour son malade dont l'état n'était pas aussi satisfaisant qu'il l'aurait voulu.

— Je suppose qu'il possède une clef de cet appartement?

— Bien entendu.

— Dans le courant de la soirée, ne s'est-il rien passé d'anormal? Votre sœur et vous n'avez entendu aucun bruit?

— Dans ces vieilles maisons de pierre, on n'entend rien d'un appartement à l'autre, encore moins d'un étage à l'autre.

Elle regarda l'heure à sa montre-bracelet, devint nerveuse.

— Je vous demande pardon, mais il va être temps que je remonte. Étienne, maintenant, peut rentrer d'un instant à l'autre. Vous n'avez plus de questions à me poser?

— Je n'en vois aucune pour le moment.

— Vous croyez qu'il vous sera possible d'éviter de l'interroger?

— Il m'est impossible de vous faire aucune promesse mais je ne dérangerai votre mari que si je le juge indispensable.

— Qu'en pensez-vous maintenant?

— Maintenant, je ne le juge pas indispensable.

Elle se leva et tendit la main, comme un homme l'aurait fait, sans le quitter des yeux.

— Je vous remercie, M. Maigret.

Comme elle se retournait, son regard tomba sur la boîte en carton et sur les photographies, mais le commissaire ne put voir l'expression de son visage.

— Je suis chez moi toute la journée. Vous pouvez venir quand mon mari n'y est pas. Si j'ajoute cela, vous comprenez que ce n'est pas un ordre, mais une prière.

— Je ne me suis pas mépris un seul instant.

Elle répéta :

— Merci.

Et elle sortit en refermant les deux portes derrière elle, tandis que le petit Lucas regardait le commissaire avec l'air d'un homme qui vient de recevoir un coup sur la tête. Il avait tellement peur de dire une bêtise qu'il se taisait, épiant le visage de Maigret dans l'espoir d'y lire ce qu'il devait penser.

4

Chose curieuse, dans l'auto qui le ramenait à la P. J. ce n'était pas au professeur Gouin, ni à sa femme, que Maigret pensait, mais, presque à son insu, à Louise Filon dont, avant de partir, il avait glissé dans son portefeuille les photos faites à la foire.

Même sur ces photos-là, prises pourtant des soirs où elle aurait dû être exubérante, il n'y avait aucune gaieté sur son visage. Maigret en avait connu beaucoup comme elle, nées dans un milieu identique, qui avaient eu plus ou moins une enfance et une vie identiques. Quelques-unes avaient une grosse gaieté bruyante qui pouvait sans transition faire place aux larmes ou à la révolte. D'autres, comme Désirée Brault, surtout avec l'âge, devenaient dures et cyniques.

Il était difficile de définir l'expression qu'il trouvait à Lulu sur les photos et qu'elle avait dû avoir dans la vie. Il ne s'agissait pas de tristesse, plutôt d'une expression boudeuse de petite fille qui, dans la cour de l'école, reste à l'écart et regarde jouer ses camarades.

Il aurait été en peine d'expliquer en quoi elle avait été attirante, mais il le sentait et il lui était arrivé souvent de mettre, comme malgré lui, plus de douceur à interroger ces filles-là que d'autres.

Elles étaient jeunes, conservaient une certaine fraîcheur; par certains côtés, elles paraissaient à peine sorties de l'enfance, et pourtant elles avaient beaucoup vécu et il y avait déjà trop d'images écœurantes dans leurs yeux qui ne pétillaient plus, leurs corps avait le charme malsain d'une chose qui va se faner, qui l'est à moitié.

Il l'imaginait dans la chambre d'hôtel de la rue Riquet, dans n'importe quelle chambre du quartier Barbès, passant des journées sur un lit à lire, à dormir, ou à regarder la fenêtre glauque. Il l'imaginait, dans n'importe quel café du XVIIIe, assise pendant des heures, alors qu'un Pierrot et trois camarades jouaient à la belote. Il l'imaginait aussi, le visage grave et comme inspiré dansant dans un musette. Il l'imaginait enfin, plantée au coin d'une rue, à guetter les hommes dans l'ombre, sans se donner la peine de leur sourire, grimpant ensuite, devant eux, l'escalier d'un meublé en criant son nom à la tenancière.

Elle avait vécu plus d'un an dans l'imposant immeuble de pierre de l'avenue Carnot où l'appartement semblait trop grand, trop froid pour elle, et c'est là qu'il avait de la peine à se la figurer, c'était face à face avec un homme comme Étienne Gouin qu'il ne parvenait pas à la voir.

La plupart des lumières, Quai des Orfèvres, étaient éteintes. Il monta lentement l'escalier où restaient des traces de semelles mouillées, poussa la porte de son bureau. Janvier l'attendait. C'était la saison de l'année où le contraste est le plus sensible entre le froid du dehors et la chaleur des maisons, qui paraissent surchauffées et où on a tout de suite le sang à la tête.

— Rien de neuf?

La machine policière s'occupait de Pierre Eyraud. Dans les gares, les inspecteurs examinaient les voyageurs dont le signalement se rapprochait du sien. Dans les aérodromes aussi. La brigade des meublés devait être en chasse, passant au crible les hôtels et les garnis du XVIIIᵉ.

Le jeune Lapointe, rue Riquet, faisait depuis le début de l'après-midi le pied de grue devant l'*Hôtel du Var* autour duquel, la nuit étant tombée, rôdaient des filles.

Quant à l'inspecteur Janin, l'homme du quartier, il se livrait à des recherches plus personnelles... C'était, là-bas, au nord-est de Paris, une jungle de pierre où un homme peut disparaître pendant des mois, où souvent on n'entend parler d'un crime que des semaines après qu'il a été commis; des milliers d'êtres, hommes et femmes, vivent en marge de la loi dans un monde où ils trouvent autant de refuges et de complicités qu'ils en veulent et où la police jette de temps en temps le filet, ramène par hasard quelqu'un qu'elle recherche mais compte davantage sur le coup de téléphone d'une fille jalouse ou d'un indicateur.

— Gastine-Renette a appelé voilà une heure.

C'était l'expert armurier.

— Qu'est-ce qu'il a dit?

— Vous aurez son rapport écrit demain matin. La balle qui a tué Louise Filon a été tirée par un automatique de calibre 6,35.

C'est ce qu'on appelle, à la P. J., une arme d'amateur. Les mauvais garçons, ceux qui ont vraiment l'intention de tuer, se servent d'armes plus sérieuses.

— Le docteur Paul a téléphoné aussi. Il demande que vous preniez contact avec lui.

Janvier regarda l'heure. Il était un peu plus de sept heures et quart.

— Il doit être arrivé au restaurant La Pérouse, où il préside un dîner.

Maigret appela le restaurant. Quelques instants plus tard, il avait le médecin légiste au bout du fil.

— J'ai pratiqué l'autopsie de la fille que vous m'avez envoyée. Est-ce que je me trompe ? J'ai l'impression de l'avoir déjà vue.

— Elle a été arrêtée plusieurs fois.

Ce n'était certainement pas le visage, défiguré par le coup de feu, que le docteur avait cru reconnaître, mais le corps de Lulu.

— Bien entendu, le coup a été tiré à bout portant. Il n'y a pas besoin d'être expert pour s'en rendre compte. J'évalue la distance à vingt-cinq ou trente centimètres, pas davantage.

— Je suppose que la mort a été instantanée.

— Tout ce qu'il y a de plus instantanée. L'estomac contenait encore des aliments non digérés, entre autres de la langouste.

Maigret se souvint avoir vu dans la poubelle de la cuisine une boîte de langouste vide.

— Elle a bu du vin blanc à son repas. Cela vous intéresse ?

Maigret ne savait pas encore. Au point où l'enquête en était, il était impossible de dire ce qui pourrait devenir important.

— J'ai découvert autre chose qui vous surprendra peut-être. Savez-vous que la fille était enceinte ?

Maigret fut surpris, en effet, si surpris qu'il fut un instant sans parler.

— De combien de temps? finit-il par questionner.

— Environ six semaines. Il est probable qu'elle ne le savait pas. Si elle le savait, ce n'est pas depuis longtemps.

— Je suppose que c'est une certitude?

— Absolue. Vous aurez les détails techniques dans mon rapport.

Maigret raccrocha, dit à Janvier qui attendait, debout devant le bureau :

— Elle était enceinte.

Mais Janvier, qui ne connaissait que les grands traits de l'affaire, n'en fut pas frappé.

— Qu'est-ce qu'on fait de Lapointe?

— C'est vrai. Il faudra envoyer quelqu'un pour prendre sa place.

— J'ai Lober, qui n'a rien de spécial à faire.

— Il faudrait aussi aller relever Lucas. Cela ne servira probablement à rien, mais je préfère que quelqu'un continue à garder l'appartement.

— Si je peux manger un morceau, j'irai moi-même. On a le droit de dormir, là-bas?

— Je n'y vois pas d'inconvénient.

Maigret jeta un coup d'œil à la dernière édition des journaux. On ne publiait pas encore la photographie de Pierrot. Elle avait dû arriver trop tard dans les salles de rédaction, mais on donnait son signalement complet.

« *La police recherche l'amant de cœur de la fille Filon, un musicien de musette du nom de Pierre Eyraud, dit Pierrot, qui a été le dernier à lui rendre visite dans la soirée d'hier.* »

« *Pierre Eyraud, qui a subi plusieurs condamnations,
a disparu de la circulation, et on suppose qu'il se cache
dans le quartier de la Chapelle qu'il connaît bien...* »

Maigret haussa les épaules, se leva, hésita à se diriger vers la porte.

— S'il y a du nouveau, je fais appeler chez vous?

Il dit oui. Il n'avait aucune raison de rester au bureau.
Il se fit reconduire par une des voitures et, comme
d'habitude, Mme Maigret ouvrit la porte de l'appartement avant qu'il en eût tourné le bouton. Elle ne lui
fit pas remarquer qu'il était en retard. Le dîner était
prêt.

— Tu n'as pas pris froid?

— Je ne crois pas.

— Tu devrais retirer tes souliers.

— Je n'ai pas les pieds mouillés.

C'était vrai. Il n'avait pas marché de la journée. Il
vit sur un meuble le même journal du soir qu'il venait
de parcourir à la P. J. Sa femme était donc au courant,
mais elle ne lui posa aucune question.

Elle savait qu'il avait envie de ressortir, car il n'avait
pas retiré sa cravate comme il le faisait presque toujours. Le dîner terminé, elle suivit son mari des yeux
alors qu'il ouvrait le buffet pour se servir un verre de
prunelle.

— Tu sors?

L'instant d'avant, il n'en était pas sûr. A vrai dire,
il s'était un peu attendu à ce que le professeur Gouin
lui téléphone. Ce n'était basé sur rien de précis. Est-ce
que Gouin ne pensait pas que la police le question-
nerait? N'était-il pas surpris qu'on ne s'occupe pas de
lui, alors que tant de gens étaient au courant de ses
rapports avec Lulu?

Il appela l'appartement de Louise Filon. Lapointe venait de s'y installer.

— Rien de nouveau?

— Rien, patron. J'ai prévenu ma femme. Je suis bien tranquille. Je vais passer la nuit sur le canapé qui est épatant.

— Tu ignores si le professeur est rentré?

— Lucas m'a dit qu'il était monté vers sept heures et demie. Je ne l'ai pas entendu sortir.

— Bonne nuit.

Gouin avait-il deviné que sa femme parlerait à Maigret? Avait-elle été capable de ne rien lui laisser voir? Que s'étaient-ils dit tous les deux, pendant qu'ils dînaient en tête à tête? Sans doute, le repas fini, le professeur avait-il l'habitude de se retirer dans son bureau?

Maigret se servit un second verre, qu'il but debout près du buffet, puis se dirigea vers le portemanteau et décrocha son gros pardessus.

— Prends une écharpe. Tu comptes rester longtemps dehors?

— Une heure ou deux.

Il dut marcher jusqu'au boulevard Voltaire pour trouver un taxi auquel il donna l'adresse du *Grelot*. Il y avait peu d'animation dans les rues, sauf aux alentours de la gare de l'Est et de la gare du Nord, et celle-ci rappelait toujours à Maigret ses premières années dans la police.

Boulevard de La Chapelle, en dessous du métro aérien, les silhouettes familières étaient à leur place, les mêmes que toutes les nuits, et, si on savait ce que les femmes y faisaient, ce qu'elles attendaient, c'était moins facile de définir les raisons que certains hommes avaient d'être là, à ne rien faire, dans l'obscurité et le froid. Tous ne cherchaient pas une compagne pour un moment. Tous non plus n'avaient pas un rendez-vous. Il s'en trouvait de toutes les races, de tous les âges, qui, le soir, comme des rats, sortaient de leur trou et se risquaient en bordure de leur territoire.

L'enseigne au néon du *Grelot* jetait une lumière violette sur un morceau de trottoir et, depuis le taxi, Maigret perçut une musique assourdie, plutôt un rythme qu'accompagnait un sourd piétinement. Deux agents en uniforme se tenaient en faction sous un bec de gaz, à courte distance, et il y avait à la porte un nabot qui semblait prendre l'air mais qui, quand Maigret descendit de voiture, se précipita à l'intérieur.

Il en est toujours ainsi dans ces endroits-là. Le commissaire n'était pas entré que deux hommes sortaient précipitamment et, le bousculant, se dirigeaient vers les profondeurs obscures du quartier.

D'autres, au bar, détournèrent la tête à son passage avec l'espoir de ne pas être reconnus et, dès qu'il eut le dos tourné, filèrent à leur tour.

Le patron s'avança court et trapu :

— Si c'est Pierrot que vous cherchez, commissaire...

Il le faisait exprès de parler fort, de souligner le mot commissaire afin que tout le monde, dans la salle, fût averti. Ici aussi, la lumière était violette, et on distinguait à peine les consommateurs assis aux tables, dans des boxes, car il n'y avait que la piste d'éclairée, les visages ne recevaient que le reflet des projecteurs qui les rendait fantomatiques.

La musique n'arrêta pas de jouer, les couples de danser, mais les conversations avaient cessé et tous les yeux étaient tournés vers la massive silhouette de Maigret qui cherchait une table libre.

— Vous voulez vous asseoir?

— Oui.

— Par ici, commissaire...

Ce disant, le patron avait l'air d'un forain qui fait la parade devant la toile peinte de sa baraque.

— Qu'est-ce que vous buvez? C'est ma tournée.

Maigret s'attendait à tout cela en entrant. Il en avait l'habitude.

— Un marc.

— Un vieux marc pour le commissaire Maigret, un!

Sur leur estrade suspendue, les quatre musiciens portaient un pantalon noir et une chemise de soie rouge sombre, aux manches longues et bouffantes. On avait trouvé le moyen de remplacer Pierrot, car quelqu'un jouait du saxophone, alternant avec l'accordéon.

— C'est à moi que vous désirez parler?

Maigret fit signe que non, désigna l'estrade.

— Aux musiciens?

— A celui qui connaît le mieux Pierrot.

— Dans ce cas, c'est Louis, l'accordéoniste. C'est lui qui dirige l'orchestre. D'ici un quart d'heure, on fera la pause et il pourra vous rejoindre pour un moment. Je suppose que vous n'êtes pas pressé?

Cinq ou six personnages encore, y compris un des danseurs, éprouvèrent le besoin d'aller prendre l'air. Maigret ne s'occupait pas d'eux, regardait tranquillement autour de lui et les gens, petit à petit, reprenaient leurs conversations.

On reconnaissait un certain nombre de filles, mais aucune n'était ici pour chercher un client. Elles étaient venues pour danser, la plupart avec leur amant de

cœur, et elles étaient tout à la danse, qui était pour
elles comme un rite sacré. Certaines fermaient les yeux,
comme en extase, d'autres se tenaient joue à joue avec
leur cavalier sans que les corps essayent de se rap-
procher.

Il y avait aussi des dactylos dans la salle, des vendeuses, qui n'étaient là que pour la musique et pour la
danse, et on ne voyait pas de curieux, pas de couples
en bombe, comme dans la plupart des musettes,
jouant les voyeurs et se frottant à la pègre.

Il n'existait plus que deux ou trois dancings comme
celui-là dans tout Paris et il n'était guère fréquenté
que par des initiés, on y buvait davantage de limonade
que d'alcool.

Les quatre musiciens, là-haut, regardaient Maigret
d'un air imperturbable, sans qu'il fût possible de deviner ce qu'ils pensaient. L'accordéoniste était un beau
garçon brun, d'une trentaine d'années, qui ressemblait
à un jeune premier de cinéma et avait laissé pousser
des favoris à l'espagnole.

Un homme, qui avait une grande poche à son tablier,
récolta la monnaie.

Des couples restèrent sur la piste. Il y eut encore
une danse, un tango, cette fois, pour lequel les projecteurs passèrent du violet au rouge, effaçant le maquil-
lage des femmes, ternissant la chemise des musiciens,
et enfin ceux-ci posèrent leurs instrument, le patron,
d'en bas, dit quelques mots à l'accordéoniste qu'il
avait appelé Louis.

Celui-ci regarda une fois de plus la table de Maigret
et se décida à s'engager sur l'échelle.

— Vous pouvez vous asseoir, lui dit le commissaire.

— Nous recommençons dans dix minutes.

— Cela suffira. Qu'est-ce que vous prenez?

— Rien.

Un silence suivit. Des autres tables, on les observait. Des hommes plus nombreux entouraient le bar. Dans certains boxes, il n'y avait que des femmes, qui se refaisaient une beauté.

Louis parla le premier.

— Vous vous fourrez le doigt dans l'œil, prononça-t-il avec rancune.

— Au sujet de Pierrot?

— Pierrot n'a pas tué Lulu. Seulement, c'est toujours la même chose!

— Pourquoi a-t-il disparu?

— Il n'est pas plus idiot qu'un autre. Il sait que c'est sur lui que tout va retomber. Vous avez envie d'être arrêté, vous?

— C'est votre ami?

— C'est mon ami, oui. Et je le connais sans doute mieux que n'importe qui.

— Peut-être savez-vous où il est?

— Si je le savais, je ne le dirais pas.

— Vous le savez?

— Non. Je n'ai pas eu de ses nouvelles depuis que nous nous sommes quittés la nuit dernière. Vous avez lu les journaux?

La voix de Louis frémissait de colère contenue.

— Les gens se figurent que, parce qu'on joue dans un musette, on est nécessairement un gars à la redresse. Peut-être est-ce aussi votre idée?

— Non.

— Vous voyez le grand blond qui tient la batterie? Eh! bien, croyez-le si vous voulez, c'est un garçon qui

a ses bachots et qui est même allé un an à l'Université.
Ses parents sont des bourgeois. Il est ici parce qu'il
aime˙ça et il se marie la semaine prochaine avec une
fille qui fait sa médecine. Je suis marié aussi, si cela
vous intéresse, j'ai deux enfants, ma femme en attend
un troisième et nous habitons un appartement de quatre pièces boulevard Voltaire.

Maigret savait que c'était vrai. Louis oubliait que
le commissaire connaissait ce milieu-là presque aussi
bien que lui.

— Pourquoi Pierrot ne s'est-il pas marié? ques-
tionna-t-il pourtant d'une voix assourdie.

— C'est une autre histoire.

— Lulu ne voulait pas?

— Je n'ai pas dit ça.

— Il y a quelques années, Pierrot a été arrêté comme
souteneur.

— Je sais.

— Alors?

— Je répète que c'est une autre histoire.

— Quelle histoire?

— Vous ne comprendriez quand même pas. D'abord
lui, il sort de l'Assistance Publique. Cela ne vous dit
rien?

— Si.

— A seize ans, on l'a lâché dans la ville et il a fait
ce qu'il a pu. Peut-être qu'à sa place, j'aurais été pire
que lui. Moi j'ai eu des parents comme tout le monde,
Je les ai encore.

Il était fier d'être un homme comme les autres, mais
en même temps il éprouvait le besoin de défendre ceux
qui se trouvaient de l'autre côté de la barrière et Maigret ne pouvait s'empêcher de sourire avec sympathie.

— Pourquoi souriez-vous?

— Parce que je connais tout ça.

— Si vous connaissiez Pierrot, vous ne lanceriez pas tous vos mouchards à ses trousses.

— Comment savez-vous que la police est à ses trousses?

— Les journaux n'ont pas inventé ce qu'ils impriment. Et on sent déjà des remous dans le quartier. Quand on aperçoit certains visages, on sait ce que cela veut dire.

Louis n'aimait pas la police. Il ne le cachait pas.

— Il y a eu un temps où Pierrot jouait les durs, poursuivait-il.

— Il n'en était pas un?

— Me croirez-vous si je vous affirme que c'est un timide et un sentimental? C'est pourtant la vérité.

— Il aimait Lulu?

— Oui.

— Il l'a connue quand elle faisait le tapin?

— Oui.

— Et il l'a laissée continuer.

— Qu'aurait-il pu faire d'autre? Vous voyez que vous ne comprenez pas!

— Ensuite, il lui a permis d'avoir un amant sérieux et de se faire entretenir?

— C'est différent.

— Pourquoi?

— Voulez-vous me dire ce qu'il pouvait lui offrir? Est-ce que vous vous figurez que c'est avec ce qu'il gagne ici qu'il pouvait la faire vivre?

— Vous faites vivre votre famille, non?

— Erreur! Ma femme est couturière et travaille ses dix heures par jour tout en s'occupant des gosses.

Ce que vous ne comprenez pas c'est que, quand on est né dans le quartier, quand on n'a jamais rien connu d'autre...

Il s'interrompit.

— Plus que quatre minutes.

Les autres, là-haut, les regardaient fixement, sans aucune expression sur leur visage.

— Ce que je sais, c'est qu'il ne l'a pas tuée. Et s'il ne l'a pas tirée des pattes de son toubib...

— Vous savez qui était l'amant sérieux de Lulu?

— Et après?

— C'est Pierrot qui vous l'a dit?

— Personne n'ignore que cela a commencé à l'hôpital. Alors, moi, je vais vous expliquer ce que Pierrot a pensé. Elle avait une chance d'en sortir une bonne fois, d'avoir une vie régulière et d'être sûre du lendemain. Voilà pourquoi il n'a rien dit.

— Et Lulu?

— Peut-être qu'elle avait ses raisons.

— Lesquelles?

— Cela ne me regarde pas.

— Quel genre de fille était-ce?

Louis regarda les femmes autour d'eux avec l'air de dire qu'elle n'était pas autrement que les autres.

— Elle a mené la vie dure, laissa-t-il tomber, comme si cela expliquait tout. Elle n'était pas heureuse, là-bas.

Et « là-bas » désignait évidemment le lointain quartier de l'Étoile qui, vu d'ici, paraissait un autre monde.

— Elle venait danser de temps en temps...

— Elle paraissait triste?

Louis haussa les épaules. Ce mot-là avait-il un sens à La Chapelle? Y en avait-il de vraiment gaies autour d'eux? Même les petites vendeuses, en dansant, prenaient un air nostalgique et réclamaient des chansons tristes.

— Il nous reste une minute. Après si, vous avez encore besoin de moi, il faudra que vous attendiez une demi-heure.

— Quand il est revenu de l'avenue Carnot, hier au soir, Pierrot ne vous a rien dit?

— Il s'est excusé, a parlé d'une nouvelle imporante, sans préciser.

— Il était sombre?

— Il est toujours sombre.

— Vous saviez que Lulu était enceinte?

Louis le regarda fixement, d'abord incrédule, puis stupéfait, enfin plus grave.

— Vous êtes sûr de ça?

— Le médecin-légiste, qui a pratiqué l'autopsie, ne peut pas se tromper.

— De combien de mois?

— Six semaines.

Cela l'impressionnait, peut-être parce qu'il avait des enfants et que sa femme en attendait un. Il se tourna vers le garçon qui se tenait non loin d'eux en essayant d'entendre leur conversation.

— Donne-moi quelque chose à boire, Ernest. Un petit verre de n'importe quoi.

Il en oubliait que la minute était écoulée. Du bar le patron les épiait.

— Je ne m'attendais pas à cela.

— Moi non plus, avoua Maigret.

— Je suppose que le professeur est trop vieux?

— Des hommes ont fait un enfant à quatre-vingts ans.

— Si ce que vous dites est vrai, c'est une raison de plus pour qu'il ne l'ait pas tuée.

— Écoutez-moi, Louis.

Celui-ci le regarda avec encore une certaine méfiance, mais il n'avait plus rien d'agressif.

— Il se peut que vous ayez des nouvelles de Pierrot. D'une façon ou d'une autre. Je ne vous demande pas de le « donner ». Seulement de lui dire que j'aimerais lui parler, où il voudra, quand il voudra. Vous avez compris?

— Et vous le laisserez aller?

— Je ne dis pas que j'arrêterai les recherches. Tout ce que je promets, c'est qu'en me quittant il sera libre.

— Qu'est-ce que vous avez l'intention de lui demander?

— Je ne sais pas encore.

— Vous croyez toujours qu'il a tué Lulu?

— Je ne crois rien.

— Je ne pense pas qu'il me donnera de ses nouvelles.

— S'il le fait...

— Je lui transmettrai votre message. Maintenant, je vous demande pardon...

Vidant son verre d'un trait, il grimpa sur l'estrade où il assujettit les lanières de l'accordéon autour de sa taille et de ses épaules. Les autres ne le questionnaient pas. Il se penchait sur eux, mais c'était seulement pour leur annoncer le titre de ce qu'ils allaient jouer. Les hommes, au bar, examinaient de loin les filles assises pour choisir celle qu'ils inviteraient à danser.

— Garçon!

— Il n'y a rien à payer. C'est sur le compte du patron.

Ce n'était pas la peine de discuter. Il se leva, se dirigea vers la porte.

— Vous avez appris du nouveau?

Il y avait de l'ironie dans la voix du tenancier.

— Je vous remercie pour le marc.

Il était inutile de chercher un taxi dans les environs
et Maigret gagna le boulevard de la Chapelle en écartant les filles qui ne le connaissaient pas et essayaient
de s'accrocher à lui. A trois cents mètres, brillaient
les lumières du carrefour Barbès. Il ne pleuvait plus.
Le même brouillard que le matin commençait à tomber sur la ville et les lumières des autos étaient entou-
rées d'une auréole.

La rue Riquet était à deux pas. Il ne tarda pas à
en tourner le coin, trouva l'inspecteur Lober, qui
avait presque son âge mais n'était jamais monté en
grade, adossé au mur et fumant une cigarette.

— Rien?

— Des tas de couples entrent et sortent, mais je ne
l'ai pas vu.

Maigret avait envie d'envoyer Lober se coucher.
Il aurait pu téléphoner à Janvier de rentrer chez lui
aussi. Et supprimer la surveillance dans les gares, car
il avait la certitude que Pierrot ne tenterait pas de quitter Paris. Seulement, il était obligé de suivre la routine.
Il n'avait pas le droit de courir un risque.

— Tu n'as pas froid?

Lober sentait déjà le rhum. Tant que le bistrot du
coin resterait ouvert, il ne serait pas malheureux.
C'était bien la raison pour laquelle il resterait toute sa
vie inspecteur.

— Bonne nuit, vieux! S'il survient du nouveau,
téléphone chez moi.

Il était onze heures. La foule commençait à sortir des cinémas. Les couples, sur les trottoirs, marchaient bras dessus bras dessous et des femmes tenaient la taille de leur compagnon, il y en avait qui restaient collés l'un à l'autre dans les encoignures et d'autres qui couraient pour attraper leur autobus.

En dehors des boulevards éclairés, chaque rue transversale avait son système et ses ombres, chacune aussi avait quelque part l'enseigne jaunâtre d'un ou deux hôtels.

C'est vers les lumières qu'il marcha et il entra dans un bar violemment éclairé du carrefour Barbès où cinquante personnes au moins entouraient un immense comptoir de cuivre.

Bien que son intention eût été de commander un rhum, il dit machinalement, à cause de ce qu'il avait bu au *Grelot* :

— Un marc.

Lulu avait traîné ici comme d'autres y traînaient en ce moment, attentives aux regards des hommes.

Il se dirigea vers la cabine téléphonique, glissa un jeton dans l'appareil et forma le numéro du Quai des Orfèvres. Il ne savait pas qui était de garde, reconnut la voix d'un certain Lucien, un nouveau, qui avait fait de solides études et préparait déjà des examens pour monter en grade.

— Ici, Maigret. Rien de nouveau?

— Non, monsieur le commissaire. Sauf que deux Arabes viennent d'échanger des coups de couteau rue de la Goutte d'Or. L'un des deux est mort au moment où on le posait sur le brancard. L'autre, blessé, est parvenu à s'échapper.

Ce n'était pas à plus de trois cents mètres d'où il

était. Cela s'était passé il y avait vingt minutes à peine,
sans doute alors qu'il marchait sur le boulevard de la
Chapelle. Il n'en avait rien su, n'avait rien entendu. Le
meurtrier était peut-être passé près de lui. D'autres
drames auraient lieu avant la fin de la nuit, dans le
quartier, un ou deux, probablement, qu'on connaîtrait,
d'autres dont la police n'entendrait parler que beaucoup plus tard.

Pierrot, lui aussi, était tapi entre Barbès et La
Villette.

Savait-il que Lulu était enceinte? Était-ce pour le lui
annoncer qu'elle lui avait téléphoné au *Grelot* de venir
la voir?

Le docteur Paul avait dit six semaines. Cela signifiait que, depuis quelques jours, elle avait des doutes.

En avait-elle parlé à Étienne Gouin?

C'était possible, mais pas probable. C'était plutôt
le genre de fille à aller consulter un médecin de quartier
ou une sage-femme.

Il ne pouvait que faire des suppositions. Rentrée
chez elle, elle était restée un certain temps sans prendre de décision. D'après Mme Gouin, le professeur,
après son dîner, était passé chez Lulu, n'y serait resté
que quelques minutes.

De retour au bar, Maigret commanda un second
verre. Il n'avait pas envie de s'en aller tout de suite.
Il lui semblait qu'il était mieux ici pour penser à Lulu
et à Pierrot.

— Elle n'a pas parlé à Gouin, murmura-t-il à mi-
voix.

C'était à Pierre Eyraud qu'elle avait dû faire d'abord
la confidence, ce qui expliquait la visite précipitée de
celui-ci.

Dans ce cas, l'aurait-il tuée?

D'abord, il fallait être sûr qu'elle était au courant de son état. Si elle avait habité un autre quartier, il aurait été persuadé qu'elle avait vu un médecin du voisinage. A l'Étoile, où elle restait une étrangère, c'était moins probable.

Il faudrait, le lendemain, qu'il envoie une note à tous les médecins et à toutes les sages-femmes de Paris. Cela lui paraissait important. Depuis le coup de téléphone du docteur Paul, il était persuadé que la maternité de Lulu était la clef du drame.

Est-ce que Gouin dormait tranquillement? Profitait-il d'une soirée de répit pour travailler à quelque ouvrage sur la chirurgie?

Il était trop tard pour aller trouver la femme de ménage, Mme Brault, qui n'habitait pas loin non plus, aux environs de la Place Clichy. Pourquoi n'avait-elle pas parlé du professeur? Fallait-il croire que, passant toutes les matinées dans l'appartement, elle ignorait l'identité de l'amant de Lulu?

Elles bavardaient, toutes les deux. C'était la seule, dans la maison, à pouvoir comprendre les confidences d'une Louise Filon.

La concierge, au début, avait gardé le silence parce qu'elle avait une dette de reconnaissance envers le professeur et qu'elle devait en être plus ou moins consciemment amoureuse.

On aurait dit que toutes les femmes s'acharnaient à le protéger et ce n'était pas le moins curieux que le prestige sur elles de cet homme de soixante-deux ans.

Il ne faisait rien pour les séduire. Il s'en servait, comme distraitement, afin d'obtenir une détente physique, et aucune ne lui en voulait pour son cynisme.

Il faudrait que Maigret questionne l'assistante, Lucile Decaux. Et aussi, peut-être, la sœur de Mme Gouin, la seule, jusqu'ici, sur qui le professeur ne paraissait pas avoir de prise.

— Je vous dois combien?

Il entra dans le premier taxi venu.

— Boulevard Richard Lenoir.

— Je sais, monsieur Maigret.

Cela le fit penser à rechercher le taxi qui, la veille au soir, avait conduit Gouin de l'hôpital à son domicile.

Il se sentait lourd, engourdi par le marc qu'il avait bu, et il ferma à demi les yeux tandis que les lumières défilaient des deux côtés de la voiture.

C'était toujours à Lulu qu'il en revenait et il tira son portefeuille de sa poche pour, dans la pénombre du taxi, regarder ses photographies. La mère non plus, quand elle était allée chez le photographe, ne souriait pas.

5

L E LENDEMAIN MATIN
il avait un désagréable goût de marc dans la bouche et
quand, pendant le rapport vers neuf heures et
quart, on lui annonça qu'on le demandait à l'appareil, il avait l'impression que son haleine empestait
encore le mauvais alcool et il évitait de parler de trop
près à ses collègues.

Tous les chefs de service étaient là, comme chaque
matin, dans le bureau du chef dont les fenêtres don-
naient sur la Seine, et chacun tenait à la main un dossier
plus ou moins épais. Il faisait toujours gris, le fleuve
avait une vilaine couleur, les gens marchaient aussi
vite que la veille, surtout en traversant le pont Saint-
Michel balayé par le vent, les hommes levant les bras
pour retenir leur chapeau, les femmes les baissant pour
tenir leur jupe.

— Vous pouvez prendre la communication ici.

— Je crains que ce soit long, chef. Il vaut mieux
que j'aille dans mon bureau.

Les autres, qui ne devaient pas tous avoir bu du
marc la veille au soir, n'avaient guère meilleure mine
que lui et tout le monde paraissait de mauvaise humeur.
Cela devait être un effet de lumière.

— C'est vous, patron? questionna la voix de Janvier, dans laquelle Maigret sentit un certaine excitation.

— Qu'est-il arrivé?

— Il vient de passer. Vous voulez que je vous raconte en détail?

Janvier non plus, au fait, qui avait dormi sur le canapé, dans l'appartement de Lulu, ne devait pas avoir bonne mine.

— Je t'écoute.

— Voilà. Cela s'est passé il y a quelques minutes, dix au plus. J'étais dans la cuisine, à boire une tasse de café que je m'étais préparé. Je n'avais ni mon veston, ni ma cravate. Il faut vous dire que je ne suis parvenu à m'endormir que très tard dans la nuit.

— La soirée a été tranquille?

— Je n'ai rien entendu. Je ne pouvais pas dormir, voilà tout.

— Continue.

— Vous allez voir que c'est tout simple. Tellement simple que je n'en reviens pas encore. J'ai entendu un léger bruit, une clef qui tournait dans la serrure. Je suis resté immobile, me plaçant de telle sorte que je puisse voir dans le salon. Quelqu'un est entré dans l'antichambre, l'a traversée, a ouvert la seconde porte. C'était le professeur, qui est plus grand et plus maigre que je n'imaginais. Il portait un long pardessus sombre, une écharpe de laine autour du cou, et il avait son chapeau sur la tête, des gants à la main.

— Qu'est-ce qu'il a fait?

— Justement. C'est ce que je voudrais pouvoir vous expliquer. Il n'a rien fait. Il s'est avancé de deux ou trois pas, lentement, comme un homme qui rentre chez lui. Je me suis demandé un instant ce qu'il regar-

dait avec insistance et je me suis rendu compte que
c'étaient mes souliers, que j'avais laissés sur le tapis.
En tournant la tête, il m'aperçut et a froncé les sourcils. Légèrement. Il n'a pas tressailli. Il n'a paru ni
gêné, ni effrayé.

» Il m'a regardé comme quelqu'un qui pense à autre
chose et à qui il faut un moment pour revenir à la réalité. Enfin, il a questionné sans élever la voix :

» — *Vous êtes de la police?*

» J'étais si surpris par son aspect, par la façon dont
il prenait les choses que je n'ai pu que hocher la tête.

« Nous sommes restés un bon moment en silence,
tous les deux, et, à la façon dont il fixait mes pieds
déchaussés, j'avais l'impression qu'il n'était pas
content de mon sans-gêne. Ce n'est qu'une impression.
Il ne s'occupait peut-être pas du tout de mes pieds.

» Je suis parvenu à dire :

» — Qu'est-ce que vous êtes venu faire, monsieur le
professeur?

» — *Vous savez donc qui je suis?*

» Cet homme-là vous donne la sensation que vous
n'êtes rien du tout, que, même quand son regard se
pose sur vous, il ne vous accorde pas plus d'importance qu'à une fleur de la tapisserie.

» — *Je ne suis rien venu faire de spécial*, a-t-il murmuré. *Simplement jeter un coup d'œil.*

» Et il le jetait, observait le canapé où gisaient encore
l'oreiller et la couverture dont je m'étais servi, reni-
flait l'odeur du café.

» D'une voix toujours neutre, il a ajouté :

» — *Cela m'étonne que votre patron n'ait pas eu
la curiosité de m'interroger. Vous pourrez lui dire,
leune homme, que je suis à sa disposition. Je me rends*

maintenant à Cochin, j'y serai jusqu'à onze heures. Je passerai ensuite à la clinique Saint-Joseph avant de rentrer déjeuner et, cet après-midi j'ai une importante opération à l'hôpital américain de Neuilly.

» Il a encore eu un regard circulaire, puis il a fait demi-tour et est sorti en refermant les deux portes derrière lui.

» J'ai ouvert la fenêtre pour le regarder partir. Un taxi stationnait devant la maison et, au milieu du trottoir, une jeune femme avec une serviette noire sous le bras l'attendait. Elle lui a ouvert la portière de la voiture et y est montée derrière lui.

» Je suppose que, quand elle vient le chercher le matin, elle lui téléphone de la loge pour lui annoncer qu'elle est en bas.

» C'est tout patron. »

— Je te remercie.

— Vous croyez qu'il est riche?

— Il passe pour gagner beaucoup d'argent. Il opère gratuitement les patients pauvres, mais, quand il se fait payer, il demande des prix exorbitants. Pourquoi me parles-tu de ça?

— Parce que, cette nuit, comme je ne m'endormais pas, j'ai fait l'inventaire des effets de la demoiselle. Ce n'est pas ce que je m'attendais à trouver. Il y a bien deux manteaux de fourrure, mais ils sont de seconde qualité et l'un d'eux est en mouton rasé. Aucun objet, du linge aux chaussures, ne sort d'une maison sérieuse. Ce n'est évidemment pas ce qu'elle portait dans le quartier Barbès, mais ce ne sont pas non plus les vêtements qu'on s'attend à trouver chez une femme entretenue par un homme riche. Je n'ai pas trouvé de carnet de chèques, ni aucun papier indiquant qu'elle possède un compte en banque. Or, il n'y a que quelques billets de mille francs dans son sac et deux autres dans le tiroir de la table de nuit

— Je crois que tu peux revenir. Tu as une clef?

— J'en ai vu une dans le sac à main.

— Ferme la porte. Mets-y un fil ou n'importe quoi pour que nous sachions si on l'a ouverte. La femme de ménage n'est pas venue?

Il ne lui avait pas dit, la veille, si elle devait revenir ou non pour nettoyer l'appartement. Personne n'avait pensé qu'elle n'avait pas été payée.

Ce n'était pas la peine de retourner chez le chef, où le rapport était fini. Lober, rue Riquet, devait être fatigué, transi, et sans doute, depuis l'ouverture des bistrots, s'était-il réchauffé de quelques verres de rhum.

Maigret appela le commissariat de la Goutte d'Or.

— Janin est chez vous? Il n'est pas venu ce matin? Ici, Maigret. Voulez-vous envoyer quelqu'un rue Riquet, où on trouvera un de mes inspecteurs, Lober. Qu'on lui dise qu'à moins qu'il y ait du nouveau il téléphone son rapport et aille se coucher.

Il s'efforçait de se souvenir des différentes choses que, la veille au soir, en revenant de Barbès, il avait décidé de faire ce matin-là. Il appela Lucas.

— Ça va?

— Ça va, patron. Un moment, cette nuit, deux agents cyclistes du XXe ont cru avoir mis la main sur Pierrot. Ils ont emmené l'homme au poste. Ce n'était pas Pierrot, mais un garçon qui lui ressemble et qui, par hasard, est aussi musicien, dans une brasserie de la Place Blanche.

— Je voudrais que tu téléphones à Béziers. Essaie

de savoir si un certain Ernest Filon, qui se trouvait, il y a plusieurs années, à l'hôpital de cette ville, vit encore dans la région.

— Compris.

— Je désire aussi qu'on interroge les chauffeurs qui ont l'habitude de stationner, le soir, aux alentours de Cochin. L'un d'eux a dû, avant-hier, reconduire le professeur chez lui.

— Rien d'autre?

— C'est tout pour le moment.

Cela faisait partie de la routine. Et toute une pile de pièces à signer l'attendaient sur son bureau, outre les rapports du médecin légiste et de Gastine-Renette qu'il devait transmettre au parquet.

Il interrompit son travail pour demander le numéro de téléphone de son ami Pardon, qui était médecin et qu'il voyait à peu près régulièrement chaque mois.

— Très occupé?

— Quatre ou cinq malades dans l'antichambre. Moins que d'habitude à cette saison.

— Tu connais le professeur Gouin?

— Plusieurs de mes patients ont été opérés par lui et j'ai assisté aux opérations.

— Qu'est-ce que tu en penses?

— C'est un des plus grands toubibs, non seulement que nous ayons actuellement, mais que nous ayons eus. Contrairement à beaucoup de chirurgiens, il n'est pas seulement une main, mais un cerveau, et on lui doit quelques découvertes qui comptent et continueront à compter.

— Comme homme?

— Qu'est-ce que tu veux savoir, au juste?

— Ce que tu en penses.

— C'est difficile à dire. Il n'est pas très liant, surtout avec un petit médecin de quartier comme moi. Il paraît qu'il se montre distant avec les autres aussi.

— On ne l'aime pas?

— On en aurait plutôt peur. Il a une façon de répondre aux questions qu'on se permet de lui poser. Il paraît qu'il est plus dur encore avec certains de ses patients. On raconte l'histoire d'une vieille femme extrêmement riche qui le suppliait de l'opérer et lui offrait pour cela une fortune. Tu sais ce qu'il lui a répondu :

« — *L'opération vous ferait gagner quinze jours, peut-être un mois. Le temps que j'y passerais pourrait sauver la vie entière d'un autre malade.* »

« A part cela, le personnel de Cochin l'adore. »

— Surtout les femmes?

— On t'en a parlé? Il paraît que de ce côté-là, c'est presque un cas. Il lui arrive, tout de suite après une opération... Tu comprends?

— Oui. C'est tout?

— Il n'en reste pas moins un grand bonhomme.

— Je te remercie vieux.

Il avait envie, sans trop savoir pourquoi, de bavarder avec Désirée Brault. Il aurait pu la convoquer, ou la faire chercher. C'était la façon dont travaillaient la plupart des autres chefs de service et certains d'entre eux ne quittaient pas leur bureau de la journée.

Il passa chez Lucas, qui était occupé à téléphoner.

— Je sors pour une heure ou deux.

Il prit une des voitures, se fit conduire rue Nollet, derrière la place Clichy, où la femme de ménage de Lulu habitait. L'immeuble, délabré, qui n'avait pas reçu un coup de peinture depuis plus de vingt ans et

les familles qui s'y entassaient débordaient sur les
paliers, dans l'escalier où jouaient des enfants.

Mme Brault habitait le quatrième, sur la cour. Il
n'y avait pas d'ascenseur, les marches étaient raides.
Maigret dut s'arrêter deux fois en chemin, à renifler
des odeurs plus ou moins agréables.

— Qu'est-ce que c'est? cria une voix quand il frappa
à la porte. Entrez. Je ne peux pas vous ouvrir.

Elle était dans la cuisine, en combinaison, pieds
nus, à laver du linge dans une bassine en fer galvanisé.
Elle ne tressaillit pas en reconnaissant le commissaire,
ne lui dit pas bonjour, se contenta d'attendre qu'il
parle.

— Je suis venu vous voir en passant.

— Parbleu!

A cause de la lessive, de la buée couvrait les vitres
qui en perdaient leur transparence. On entendait un
ronflement dans la chambre voisine où Maigret aperçut le pied d'un lit et Mme Brault alla fermer la porte.

— Mon mari dort, dit-elle.

— Saoul?

— Pour ne pas changer.

— Pourquoi, hier, ne m'avez-vous pas dit qui était
l'amant sérieux de Lulu?

— Parce que vous ne me l'avez pas demandé. Vous
m'avez demandé, je m'en souviens fort bien, si j'avais
déjà vu un homme qui lui rendait visite.

— Et vous ne l'avez jamais vu?

— Non.

— Mais vous saviez que c'est le professeur?

A son air, il était clair qu'elle en savait bien davantage. Seulement, elle ne dirait rien, que contrainte et
forcée. Non pas parce qu'elle avait quelque chose à

cacher pour elle-même. Pas non plus, probablement,
pour protéger quelqu'un. C'était un principe chez
elle, de ne pas aider la police, ce qui était assez naturel,
en somme, étant donné que celle-ci l'avait pourchassée
toute sa vie. Elle n'aimait pas les policiers. C'étaient
ses adversaires naturels.

— Votre patronne vous parlait de lui?

— Cela a dû arriver.

— Qu'est ce qu'elle vous en disait?

— Elle m'a dit tant de choses!

— Elle avait envie de le quitter?

— Je ne sais pas si elle avait envie de le quitter, mais
elle n'était pas heureuse dans la maison.

Sans y être invité, il s'était assis sur une chaise dont
le fond de paille craquait.

— Qu'est-ce qui l'empêchait de s'en aller?

— Je ne lui ai pas demandé.

— Elle aimait Pierrot?

— Cela m'en avait tout l'air.

— Elle recevait beaucoup d'argent de Gouin?

— Il lui en donnait quand elle en voulait.

— Elle en voulait souvent?

— Dès qu'il n'y en avait plus dans la maison. Quelquefois je ne trouvais que de petites coupures dans son
sac et dans le tiroir au moment d'aller faire le marché.
Je le lui disais et elle me répondait :

« — J'en demanderai tout à l'heure. »

— Elle en donnait à Pierrot ?

— Cela ne me regarde pas. Si elle avait été plus
intelligente...

Elle se tut.

— Que serait-il arrivé ?

— D'abord, elle ne serait jamais allée habiter cette

maison-là, où elle avait l'air d'une prisonnière.

— Il ne la laissait pas sortir?

— C'est elle qui, la plupart du temps, n'osait pas s'en aller, par crainte que l'envie prenne au monsieur de lui dire bonjour en passant. Elle n'était pas sa maîtresse, mais une sorte de domestique, à la différence que, ce qu'on attendait d'elle, ce n'était pas de travailler, mais de se coucher. Si elle avait continué à avoir un appartement ailleurs et si c'était lui qui avait dû se déranger... Mais à quoi tout ceci sert-il? Qu'est-ce que vous me voulez au juste?

— Un renseignement.

— Aujourd'hui, vous venez pour un renseignement et vous retirez votre chapeau. Demain, si j'ai le malheur de m'arrêter à un étalage, vous me ferez fourrer en taule. Qu'est-ce que c'est, votre renseignement?

Elle mettait son linge à sécher sur une corde qui traversait la cuisine.

— Vous saviez que Lulu était enceinte?

Elle se retourna vivement.

— Qui vous a dit ça?

— L'autopsie.

— Alors, c'est qu'elle ne se trompait pas.

— Quand vous en a-t-elle parlé?

— Peut-être trois jours avant qu'on lui tire une balle dans la tête.

— Elle n'était pas sûre?

— Non. Elle n'avait pas encore vu le médecin. Elle avait peur d'y aller.

— Pourquoi?

— Par crainte, je suppose, d'être déçue.

— Elle avait envie d'un enfant?

— Je crois qu'elle était contente d'être enceinte.

C'était encore trop tôt pour se réjouir. Je lui ai dit qu'à présent les docteurs ont un truc qui donne une certitude, même après deux ou trois semaines.

— Elle est allée en consulter un?

— Elle m'a demandé si j'en connaissais et je lui ai donné l'adresse de quelqu'un que je connais, près d'ici, rue des Dames.

— Vous savez si elle l'a vu?

— Si elle l'a vu, elle ne m'en a pas parlé.

— Pierrot était au courant?

— Vous connaissez les femmes, vous? Vous avez déjà rencontré une femme qui parle de ces choses-là à un homme avant d'être sûre?

— Vous pensez qu'elle n'en a pas parlé au professeur non plus?

— Essayez de vous servir de votre jugeotte.

— A votre avis, que se serait-il passé si elle n'avait pas été assassinée?

— Je ne lis pas dans le marc de café.

— Elle aurait gardé l'enfant?

— Sûrement.

— Elle serait restée avec le professeur?

— A moins qu'elle soit partie avec Pierrot.

— A son avis, qui était le père?

Cette fois encore, elle le regarda comme s'il ne connaissait rien à rien.

— Vous ne vous figurez pas que c'était le vieux?

— Cela arrive.

— On lit ça dans les journaux. Seulement, comme les femmes ne sont pas des vaches qu'on tient enfermées dans une étable et qu'on mène au taureau une fois l'an, il est difficile de jurer de quoi que ce soit.

Le mari, à côté, remuait sur son lit et grognait. Elle alla ouvrir la porte.

— Un moment, Jules! Je suis avec quelqu'un. Je t'apporte ton jus dans quelques minutes.

Et tournée vers Maigret :

— Vous avez encore des questions?

— Pas exactement. Vous détestiez le professeur Gouin?

— Je ne l'ai jamais vu, je l'ai déjà dit.

— Mais vous le détestiez quand même?

— Je déteste tous ces gens-là.

— Supposez que, en arrivant le matin, vous ayez découvert dans la main de Lulu, ou, sur le tapis, à portée de cette main, un revolver. N'auriez-vous pas été tentée de le faire disparaître, pour écarter l'hypo-thèse du suicide et mettre le professeur dans l'em-barras?

— Cela ne vous fatigue pas? Vous me croyez assez bête pour ignorer que, quand elle a le choix entre un gros bonnet et un pauvre bougre de musicien comme Pierrot, c'est le pauvre bougre que la police va embêter?

Elle versait du café dans un bol, le sucrait, lançait à son mari :

— J'arrive!

Maigret n'insista pas. Ce n'est qu'une fois sur le seuil qu'il se retourna pour demander le nom et l'adresse du médecin de la rue des Dames.

C'était un certain Duclos. Il n'y avait pas longtemps qu'il était installé et sans doute venait-il de terminer ses études car son cabinet de consultation était presque nu, avec tout juste les instruments indispensables ache-tés d'occasion. Quand Maigret lui apprit qui il était, le docteur eut tout de suite l'air de comprendre.

— Je me doutais qu'on viendrait un jour ou l'autre.

— Elle vous a donné son nom?

— Oui. J'ai même rempli sa fiche.

— Depuis quand savait-elle qu'elle était enceinte?

Le médecin paraissait plutôt un étudiant et, pour se donner de l'importance, consultait son fichier presque vide.

— Elle est venue samedi, de la part d'une femme que j'ai soignée.

— Mme Brault, je sais.

— Elle m'a dit qu'elle était peut-être enceinte et qu'elle avait besoin d'en être sûre.

— Un instant. Semblait-elle inquiète?

— Je peux vous répondre que non. Quand une fille comme elle me pose la question, je m'attends à ce qu'elle me demande si je ferais le nécessaire pour qu'elle avorte. Cela arrive vingt fois par semaine. J'ignore s'il en est ainsi dans les autres quartiers. Bref, je l'ai bien observée. Je lui ai demandé l'échantillon d'urine habituel. Elle a voulu savoir comment cela se passait ensuite et je lui ai expliqué le test du lapin.

— Quelle a été sa réaction?

— Elle s'est inquiétée de savoir si nous étions obligés de tuer le lapin. Je lui ai dit de repasser lundi après-midi.

— Elle est venue?

— A cinq heures et demie. Je lui ai annoncé alors qu'elle était bel et bien enceinte et elle m'a remercié.

— Elle n'a rien dit d'autre?

— Elle a insisté et je lui ai affirmé que c'était une certitude absolue.

— Elle paraissait heureuse?

— Je jurerais que oui.

Donc, lundi, vers six heures, Lulu quittait la rue de Dames et rentrait avenue Carnot. Vers huit heures, son dîner terminé, le professeur, selon Mme Gouin, passait quelques minutes dans l'appartement du quatrième, puis se rendait à l'hôpital.

Jusqu'à dix heures environ, Louise Filon était seule chez elle. Elle avait mangé de la langouste en boîte et bu un peu de vin. Il semblait qu'ensuite elle s'était couchée, puisqu'on avait trouvé le lit défait; non pas en désordre, comme si elle s'y était couchée avec un homme, mais simplement défait.

A ce moment-là, Pierrot était déjà au *Grelot* et elle aurait pu lui téléphoner aussitôt. Or, elle ne l'avait appelé que vers neuf heures et demie.

Était-ce pour lui annoncer la nouvelle qu'elle l'avait fait venir jusqu'à l'Étoile pendant ses heures de travail? Si oui, pourquoi avait-elle attendu si longtemps?

Pierrot avait sauté dans un taxi? D'après la concierge, il était resté une vingtaine de minutes dans l'appartement.

Gouin, toujours selon la concierge et selon sa femme, était rentré de l'hôpital un peu après onze heures et n'était pas passé chez sa maîtresse.

Le lendemain matin, à huit heures, Mme Brault, en prenant son service, trouvait Louise morte sur le canapé du salon et affirmait qu'il n'y avait aucune arme près du corps.

Le docteur Paul, toujours prudent dans ses conclusions, situait l'heure de la mort entre neuf heures et onze heures. A cause du coup de téléphone au *Grelot*, on pouvait remplacer neuf heures par neuf heures et demie.

Quant aux empreintes digitales relevées dans l'appartement, elles appartenaient à quatre personnes seulement : Lulu elle-même, la femme de ménage, le professeur et Pierre Eyraud. Moers avait envoyé quelqu'un à Cochin pour photographier les empreintes de Gouin sur une fiche que celui-ci venait de signer à l'hôpital. Pour les trois autres, on n'avait pas eu à se déranger, étant donné qu'ils avaient tous leur fiche à la P. J.

Lulu ne s'attendait évidemment pas à être attaquée, puisque on avait pu tirer sur elle à bout portant.

L'appartement n'avait pas été fouillé, ce qui indiquait que l'assassin n'avait pas tué pour de l'argent, ni pour s'emparer d'un document quelconque.

— Je vous remercie, docteur. Je suppose qu'après sa visite personne n'est venu vous interroger à son sujet? On ne vous a pas non plus téléphoné pour vous parler d'elle?

— Non. Quand j'ai lu dans le journal qu'elle avait été tuée, je me suis attendu à la visite de la police, étant donné que c'est sa femme de ménage qui me l'avait envoyée et qu'elle devait être au courant. A vrai dire, si vous n'étiez pas venu ce matin, j'avais l'intention, à tout hasard, de vous passer un coup de fil dans l'après-midi.

Quelques instants plus tard, d'un bistrot de la rue des Dames, Maigret téléphonait à Mme Gouin. Celle-ci reconnut sa voix et ne parut pas surprise.

— Je vous écoute, monsieur le commissaire.

— Vous m'avez dit hier que votre sœur travaille dans une bibliothèque. Puis-je vous demander laquelle?

— La bibliothèque municipale de la place Saint-Sulpice.

— Je vous remercie.

— Vous n'avez rien découvert?

— Seulement que Louise Filon était enceinte.

— Ah!

Il regretta d'en avoir parlé au bout du fil, car il ne pouvait juger de sa réaction.

— Cela vous surprend?

— Assez... Oui... C'est probablement ridicule, mais on ne s'attend jamais à cela de certaines femmes. On oublie qu'elles sont bâties comme les autres.

— Vous ne savez pas si votre mari était au courant?

— Il m'en aurait parlé.

— Il n'a jamais eu d'enfant?

— Jamais.

— Il n'en voulait pas?

— Je crois qu'il ne se souciait ni d'en avoir, ni de ne pas en avoir. Il se fait que nous n'en avons pas eu. Vraisemblablement de mon fait.

La petite auto noire le conduisit place Saint-Sulpice, qui, sans raison précise, était la place qu'il détestait le plus de Paris. Il y avait toujours l'impression d'être quelque part en province. Même les magasins n'avaient pas à ses yeux le même aspect qu'ailleurs, les passants lui paraissaient plus lents et plus ternes.

Terne, la bibliothèque l'était encore davantage, mal éclairée, silencieuse comme une église vide, et à cette heure-là, il n'y avait que trois ou quatre personnes, des habitués probablement, à consulter des ouvrages poussiéreux.

Antoinette Ollivier, la sœur de Mme Gouin, le regardait s'avancer, et elle paraissait plus que ses cinquante ans, elle avait l'assurance un peu méprisante de certaines femmes qui semblent avoir découvert toutes les vérités.

— Je suis le commissaire Maigret, de la Police Judiciaire.

— Je vous ai reconnu d'après vos portaits.

Toujours, comme dans une église elle parlait à mi-voix. Ce fut davantage une impression d'école qu'une impression d'église qu'il eut, quand elle le fit asseoir près de la table couverte d'un tapis vert qui lui servait de bureau. Elle était plus grasse que sa sœur Germaine mais c'était une graisse à peine vivante et sa peau était d'une couleur neutre comme celle de certaines religieuses.

— Je suppose que vous êtes ici pour me poser des questions?

— Vous ne vous trompez pas. Votre sœur m'a appris que vous lui avez rendu visite, hier au soir.

— C'est exact. Je suis arrivée vers huit heures et demie et repartie à onze heures et demie, aussitôt après l'arrivée de l'individu que vous savez.

Pour elle, cela devait constituer le comble du mépris de ne même pas prononcer le nom de son beau-frère, et elle semblait fort satisfaite du mot « individu » dont elle détachait les syllabes.

— Cela vous arrive souvent d'aller passer la soirée avec votre sœur?

Pour une raison ou pour une autre, Maigret pensa qu'elle était sur ses gardes et qu'elle serait encore plus réticente que la concierge ou que Mme Brault.

Les autres répondaient avec prudence, parce qu'elles craignaient de faire tort au professeur.

Celle-ci, au contraire, devait craindre de l'innocenter.

— Rarement, répondait-elle à regret.

— Cela veut dire une fois tous les six mois, une fois par an, une fois par deux ans?

— Peut-être une fois l'an.

— Vous aviez pris rendez-vous?

— On ne prend pas rendez-vous avec sa sœur.

— Vous êtes allée là-bas sans savoir si elle serait à la maison? Vous avez le téléphone dans votre appartement?

— Oui.

— Vous n'avez pas appelé votre sœur?

— C'est elle qui m'a appelée.

— Pour vous demander de passer la voir?

— Ce n'est pas si précis. Elle m'a parlé de choses et d'autres.

— Lesquelles?

— Surtout de la famille. Elle écrit peu. Je suis davantage en rapport avec nos autres frères et sœurs.

— Elle vous a dit qu'elle aimerait vous voir?

— A peu près. Elle m'a demandé si j'étais libre.

— Quelle heure était-il?

— Environ six heures et demie. Je venais de rentrer et préparais mon dîner.

— Cela ne vous a pas surprise?

— Non. Je me suis seulement assurée qu'IL ne serait pas là. Qu'est-ce qu'IL vous a dit?

— Vous parlez du professeur Gouin?

— Oui.

— Je ne l'ai pas questionné jusqu'ici.

— Parce que vous imaginez qu'il est innocent? Parce qu'il est un chirurgien célèbre, membre de l'Académie de Médecine et que...

Sans s'élever d'un ton, sa voix devenait plus vibrante.

— Que s'est-il passé, interrompit-il, quand vous êtes arrivée avenue Carnot?

— Je suis montée, j'ai embrassé ma sœur sur la

joue et me suis débarrassée de mon manteau et de mon chapeau.

— Où vous êtes-vous tenues?

— Dans la petite pièce, à côté de la chambre de Germaine, que celle-ci appelle son boudoir. Le grand salon est sinistre et ne sert presque jamais.

— Qu'est-ce que vous avez fait?

— Ce que font deux sœurs de notre âge quand elle se revoient après plusieurs mois. Nous avons bavardé. Je lui ai donné des nouvelles de tout le monde. Je lui ai surtout parlé de François, un neveu, qui a été ordonné prêtre il y a un an et qui va partir comme missionnaire dans le Nord du Canada.

— Vous avez bu quelque chose?

La question la surprit, la choqua au point qu'elle en eut un peu de couleur aux joues.

— D'abord, nous avons bu une tasse de café.

— Et ensuite?

— J'ai éternué plusieurs fois. J'ai dit à ma sœur que je craignais d'avoir attrapé un rhume de cerveau en sortant du métro, où il faisait une chaleur étouffante. Il faisait trop chaud chez ma sœur aussi.

— Les domestiques se trouvaient dans l'appartement?

— Elles sont montées toutes les deux vers neuf heures, après être venues souhaiter le bonsoir. Ma sœur a la même cuisinière depuis douze ans. Les femmes de chambre changent plus souvent, pour une raison évidente.

Il ne s'informa pas de la raison; il avait compris.

— Donc, vous avez éternué...

— Germaine a proposé de nous faire des grogs et est allée les préparer dans la cuisine.

— A quoi étiez vous occupée pendant ce temps-là?

— Je lisais un article de magazine où on parle justement de notre village.

— Votre sœur a été longtemps absente?

— Le temps de faire bouillir deux verres d'eau.

— Les autres fois, vous attendiez le retour de votre beau-frère pour vous en aller?

— J'évite autant que possible de me retouver en face de lui.

— Vous avez été surprise en le voyant rentrer?

— Ma sœur m'avait affirmé qu'il ne reviendrait pas avant minuit.

— Quel air avait-il?

— L'air qu'il a toujours, celui d'un homme qui se croit au-dessus des règles de la morale et de la décence.

— Vous n'avez rien remarqué en lui de spécial?

— Je ne me suis pas donné la peine de le regarder. J'ai mis mon chapeau, mon manteau, et je suis partie en claquant la porte.

— Dans le courant de la soirée, vous n'avez pas entendu un bruit qui aurait pu être celui d'un coup de feu?

— Non. Jusque vers onze heures, quelqu'un a joué du piano dans la maison, à l'étage au-dessus. J'ai reconnu que c'était du Chopin.

— Vous saviez que la maîtresse de votre beau-frère était enceinte?

— Cela ne me surprend pas.

— Votre sœur vous en a parlé?

— Elle ne m'a pas parlé de cette fille.

— Elle ne vous en parlait jamais?

— Non.

— Pourtant, vous étiez au courant?

Elle rougit encore.

— Elle a dû y faire allusion, au début, quand l'individu l'a installée dans la maison.

— Cela la préoccupait?

— Chacun a ses idées. Et on ne vit pas pendant des années avec un être pareil sans qu'il finisse par déteindre sur vous.

— Autrement dit, votre sœur ne reprochait pas sa liaison à son mari et ne lui en voulait pas de la présence de Louise Filon dans la maison?

— Où voulez-vous en venir?

Il aurait été bien en peine de répondre à cette question-là. Il avait l'impression de creuser toujours un peu plus avant, sans savoir où il aboutirait, anxieux de se faire une idée à peu près exacte des personnages qui avaient été en rapport avec Lulu et de Lulu elle-même.

Un jeune homme qui désirait des livres les dérangea et Antoinette quitta le commissaire pendant cinq ou six minutes. Quand elle revint, elle avait fait une nouvelle provision de haine à l'égard de son beau-frère et ne donna pas le temps à Maigret d'ouvrir la bouche.

— Quand allez-vous l'arrêter?

— Vous pensez que c'est lui qui a tué Louise Filon?

— Qui serait-ce?

— Cela pourrait être son amant Pierrot, par exemple.

— Pour quelle raison aurait-il fait ça?

— Par jalousie, ou parce qu'elle avait l'intention de rompre avec lui.

— Et l'autre, vous vous figurez qu'il n'était pas jaloux? Vous croyez qu'un homme de son âge n'enrage pas en voyant une fille lui préférer un jeune homme? Et si c'était lui qu'elle avait décidé de quitter?

Elle semblait vouloir l'hypnotiser, pour mieux lui enfoncer dans la tête l'idée de la culpabilité du professeur.

— Si vous le connaissiez mieux, vous comprendriez que ce n'est pas l'homme à y regarder à deux fois pour supprimer un être humain.

— Je croyais, au contraire, qu'il consacrait sa vie à sauver des existences.

— Par vanité! Pour prouver au monde qu'il est le plus grand chirurgien de notre temps. La preuve, c'est qu'il n'accepte que des opérations difficiles.

— Peut-être parce que d'autres sont capables de se charger des cas plus simples.

— Vous le défendez sans le connaître.

— J'essaie de comprendre.

— Ce n'est pourtant pas si compliqué que ça.

— Vous oubliez que, d'après le médecin légiste, qui se trompe rarement, le crime a été commis avant onze heures. Or, il était plus d'onze heures quand la concierge a vu rentrer le professeur et celui-ci est monté directement au cinquième étage.

— Qu'est-ce qui prouve qu'il n'est pas revenu une première fois avant ça?

— Je suppose qu'il est facile, à l'hôpital, de s'assurer de son emploi du temps.

— Vous l'avez fait?

Ce fut au tour de Maigret d'être sur le point de rougir.

— Pas encore.

— Eh! bien, faites-le. Cela vaudra probablement mieux que de traquer un jeune garçon qui n'a rien fait.

— Vous haïssez le professeur?

— Lui et tous ceux qui lui ressemblent.

Et elle dit cela avec tant de force que les trois clients qui consultaient des ouvrages levèrent la tête en même temps.

— Vous oubliez votre chapeau!

— Je croyais l'avoir laissé dans l'entrée.

Elle le lui désignait, d'un doigt dédaigneux, sur le tapis vert de la table où la présence d'un chapeau d'homme devait constituer à ses yeux une incongruité.

6

D'UN POINT DE VUE
technique, en quelque sorte, Antoinette n'avait pas
tellement tort.

Quand Maigret arriva à l'hôpital Cochin, faubourg
Saint-Jacques, Étienne Gouin était déjà parti pour la
clinique Saint-Joseph, à Passy, en compagnie de son
assistante. Le commissaire s'y attendait, puisqu'il
était plus d'onze heures. Ce n'était pas pour rencontrer
le professeur qu'il était ici. Peut-être, au fond, sans
trop savoir pourquoi, n'avait-il pas encore envie de se
trouver face à face avec lui.

Le service de Gouin était au second étage et Maigret
dut parlementer avec le secrétariat avant d'être autorisé
à monter. Il trouva le long couloir plus animé qu'il
ne s'y attendait, les infirmières sur les dents. Celle à
qui il s'adressa et qui sortait d'une des salles, l'air
moins affairé que les autres, était une femme d'un
certain âge, aux cheveux déjà blancs.

— Vous êtes l'infirmière-chef?
— L'infirmière-chef de jour.

Il lui dit qui il était, ajouta qu'il désirait lui poser
quelques questions.

— A quel sujet?

Il hésitait à avouer que c'était au sujet du professeur. Elle l'avait conduit jusqu'à la porte d'un petit bureau mais elle ne l'invitait pas à y entrer.

— C'est la salle d'opération que j'aperçois au bout du couloir?

— Une des salles d'opération, oui.

— Que se passe-t-il quand un chirurgien passe une partie de la nuit à l'hôpital?

— Je ne comprends pas. Vous voulez dire quand un chirurgien vient pratiquer une opération?

— Non. Si je ne me trompe, il leur arrive d'être ici pour d'autres raisons, par exemple, s'ils craignent des complications, ou encore pour attendre le résultat de leur intervention?

— Cela se produit. Et alors?

— Où se tiennent-ils?

— Cela dépend.

— De quoi?

— Du temps qu'ils restent. S'ils n'en ont pas pour longtemps, ils s'installent dans mon bureau, ou vont et viennent dans le couloir. S'il s'agit au contraire d'attendre pendant des heures pour le cas où il serait nécessaire d'agir d'urgence, ils montent là-haut, chez les internes, où deux ou trois chambres sont à leur disposition.

— Ils passent par l'escalier?

— Ou ils prennent l'ascenseur. Les chambres sont au quatrième. La plupart du temps, ils se reposent jusqu'à ce qu'on les appelle.

Elle se demandait visiblement à quoi rimaient ces questions. Les journaux n'avaient pas imprimé le nom de Gouin en corrélation avec la mort de Lulu.

Il était probable qu'ici on ignorait ses relations avec l'amie de Pierrot-le-musicien.

— Je suppose que je ne puis parler à personne qui se trouvait ici avant-hier soir?

— Passé huit heures?

— Oui. J'aurais dû dire pendant la nuit de lundi à mardi.

— Les infirmières qui sont ici se trouvent dans mon cas. Elles appartiennent à l'équipe de jour. Il se peut qu'un des internes ait été de service. Attendez un instant.

Elle entra dans deux ou trois salles, revint en fin de compte avec un grand garçon roux et osseux qui portait des verres épais.

— Quelqu'un de la police, présenta-t-elle avant d'aller s'asseoir dans son bureau où elle ne les pria pas d'entrer.

— Commissaire Maigret, précisa celui-ci.

— Je pensais bien vous avoir reconnu. Vous désirez un renseignement?

— Vous étiez ici pendant la nuit de lundi à mardi?

— Une grande partie de la nuit. Le professeur a opéré un enfant, lundi après-midi. C'était un cas difficile et il m'a demandé de surveiller le patient de très près.

— Il n'est pas venu lui-même?

— Il a passé une grande partie de la soirée à l'hôpital.

— Il se tenait à cet étage avec vous?

— Il est arrivé un peu après huit heures en compagnie de son assistante. Nous sommes entrés ensemble chez le malade et y sommes restés assez longtemps à guetter quelque chose qui ne se produisait pas. Je suppose que vous ne désirez pas de détails techniques?

— Je n'y comprendrais probablement rien. Vous êtes restés une heure, deux heures près du malade?

— Moins d'une heure. Mlle Decaux a insisté pour que le professeur aille se reposer, car il avait opéré un cas urgent la nuit précédente. Il a fini par monter pour s'étendre un moment.

— Dans quelle tenue était-il?

— Il ne s'attendait pas à opérer. Il n'a d'ailleurs pas eu à le faire. Il est resté en tenue de ville.

— Mlle Decaux vous a tenu compagnie?

— Oui. Nous avons bavardé tous les deux. Un peu avant onze heures, le professeur est descendu. J'étais allé voir le patient de quart d'heure en quart d'heure. Nous y sommes retournés ensemble et, comme tout danger semblait écarté, le professeur a décidé de rentrer chez lui.

— Avec Mlle Decaux?

— Ils arrivent et repartent presque toujours ensemble.

— De sorte que, de neuf heures moins le quart à onze heures, Gouin s'est trouvé seul au quatrième étage.

— Seul dans une chambre, en tout cas. Je n'arrive pas à comprendre pourquoi vous posez ces questions.

— Il aurait pu descendre sans que vous le voyiez?

— Par l'escalier, oui.

— Aurait-il pu aussi passer, en bas, devant le guichet sans qu'on fasse attention à lui?

— C'est possible. On ne fait guère attention aux médecins qui sortent et qui rentrent, surtout la nuit.

— Je vous remercie. Voulez-vous me donner votre nom?

— Mansuy. Raoul Mansuy.

C'est en cela que la sœur de Mme Gouin n'avait pas tellement tort. Matériellement parlant, Étienne Gouin avait pu quitter l'hôpital, se faire conduire avenue Carnot et en revenir sans que personne s'aperçoive de son absence.

— Je suppose que je ne peux pas savoir pourquoi... commença l'interne au moment où Maigret allait s'éloigner.

Le commissaire fit non de la tête et descendit, traversa la cour, retrouva la petite auto noire et le chauffeur de la P. J. au bord du trottoir. Quand il arriva Quai des Orfèvres, il ne pensa pas à jeter son coup d'œil habituel à travers les vitres de la salle d'attente. Avant d'entrer dans son bureau, il passa par celui des inspecteurs où Lucas se leva pour lui parler.

— J'ai des nouvelles de Béziers.

Maigret avait presque oublié le père de Louise Filon.

— L'homme est mort il y a trois ans d'une cirrhose du foie. Avant cela, il travaillait d'une façon irrégulière aux abattoirs de la ville.

Personne ne s'était encore présenté pour réclamer l'héritage de Louise, s'il y en avait.

— Un certain Louis vous attend depuis une demi-heure dans l'antichambre.

— Un musicien.

— Je crois.

— Amène-le dans mon bureau.

Maigret y entra, se débarrassa de son pardessus et de son chapeau, s'assit à sa place et saisit une des pipes rangées devant le sous-main. Quelques instants plus tard, l'accordéoniste était introduit, l'air peu rassuré, regardait autour de lui avant de s'asseoir comme s'il s'attendait à un piège.

— Tu peux nous laisser, Lucas.

Et, à Louis :

— Si vous en avez pour un certain temps, vous feriez mieux de retirer votre pardessus.

— Ce n'est pas la peine. Il m'a téléphoné.

— Quand?

— Ce matin, un peu après neuf heures.

Il observait le commissaire, hésitait, questionnait :

— Cela tient toujours?

— Ce que je vous ai dit hier? Bien entendu. Si Pierrot est innocent, il n'a rien à craindre.

— Il ne l'a pas tuée. A moi, il l'aurait avoué. Je lui ai fait votre commission, lui expliquant que vous étiez prêt à le rencontrer où il voulait et qu'ensuite il serait à nouveau libre.

— Entendons-nous. Je ne veux pas qu'il y ait de malentendu. Si je le considère innocent, il sera entièrement libre. Si je le crois coupable, ou si j'ai des doutes, je m'engage à ne pas profiter de notre rencontre, c'est-à-dire à le laisser s'éloigner, les recherches reprendront ensuite.

— C'est à peu près ce que je lui ai dit.

— Qu'a-t-il répondu?

— Qu'il était prêt à vous voir. Il n'a rien à cacher.

— Il viendrait ici?

— A condition de ne pas être assailli par les journalistes et les photographes. A condition aussi de pouvoir arriver jusqu'ici sans que les policiers lui sautent dessus.

Louis parlait lentement, pesant ses mots, sans quitter le visage de Maigret des yeux.

— Cela pourrait se faire très vite? questionna le commissaire.

Il regardait l'heure. Il n'était pas midi. Entre midi et deux heures, les bureaux du Quai des Orfèvres étaient calmes, presque déserts. C'était le moment de la journée que Maigret choisissait autant que possible quand il avait à procéder à un interrogatoire délicat.

— Il peut être ici dans une demi-heure.

— Dans ce cas, écoutez-moi. Je suppose qu'il a de l'argent de poche. Qu'il se fasse conduire en taxi en face du Dépôt, Quai de l'Horloge. Le quai est peu fréquenté. Personne ne prêtera attention à lui. Un de mes inspecteurs l'attendra à la porte et me l'amènera par l'intérieur du Palais de Justice.

Louis se leva, regarda encore Maigret un bon moment, conscient de la responsabilité qu'il prenait vis-à-vis de son ami.

— Je vous crois, finit-il par soupirer. Une demi-heure, une heure au plus.

Maigret, quand il fut sorti, téléphona à la *Brasserie Dauphine* pour se faire apporter de quoi manger.

— Mettez-en pour deux. Et quatre demis.

Puis il appela sa femme afin de la prévenir qu'il ne rentrerait pas déjeuner.

Enfin, par acquis de conscience, il se dirigea vers le bureau du chef, qu'il préférait mettre au courant de l'expérience qu'il allait tenter.

— Vous le croyez innocent?

— Jusqu'à preuve du contraire. S'il était coupable il n'aurait aucune raison de venir me voir. Ou alors, il serait bougrement fort.

— Le professeur?

— Je ne sais pas. Je ne sais encore rien.

— Vous lui avez parlé?

— Non. Janvier a eu une brève conversation avec lui.

Le grand patron sentit qu'il était inutile de poser des questions. Maigret avait l'air lourd et buté qu'on lui connaissait bien au Quai et, à ces moments-là, il se montrait moins bavard que jamais.

— La fille était enceinte, se contenta-t-il d'ajouter comme si cela le chiffonnait.

Il retourna chez les inspecteurs, Lucas n'était pas encore parti déjeuner.

— Je suppose qu'on n'a pas trouvé le taxi?

— Il n'y a pas de chance qu'on le retrouve avant ce soir. Les chauffeurs qui font la nuit sont couchés.

— Peut-être ne serait-il pas mauvais de rechercher deux taxis.

— Je ne comprends pas.

— On peut envisager, par exemple, que, plus tôt dans la soirée, un peu avant dix heures, le professeur se soit fait conduire avenue Carnot et soit retourné à l'hôpital.

— Je ferai vérifier.

Il chercha des yeux l'inspecteur qu'il enverrait devant le Dépôt pour prendre Pierrot en charge et choisit le jeune Lapointe.

— Tu vas aller te planter sur le trottoir d'en face le Dépôt. A un moment donné, tu verras quelqu'un descendre de taxi. Ce sera le saxophoniste.

— Il se rend?

— Il vient me parler. Tu te montreras poli avec lui. Essaie de ne pas lui faire peur. Amène-le moi en passant par la petite cour et par les couloirs du Palais.

J'ai promis qu'il ne rencontrerait pas de journalistes.

Il y en avait presque toujours à rôder dans le corridor, mais il était facile de les éloigner pour un moment.

Quand Maigret rentra dans son bureau, les sandwiches et les verres de bière l'attendaient sur un plateau. Il but un des demis, ne commença pas à manger et passa un quart d'heure debout à la fenêtre à regarder les péniches, glisser sur l'eau grise.

Enfin, il entendit les pas de deux hommes, alla ouvrir, fit signe à Lapointe qu'il pouvait aller.

— Entrez, Pierrot.

Celui-ci, pâle, les yeux cernés, était visiblement ému. Comme son camarade l'avait fait, il commença par regarder autour de lui en homme qui s'attend à un piège.

— Il n'y a que vous et moi dans la pièce, le rassura Maigret. Vous pouvez enlever votre pardessus. Donnez-le moi.

Il le posa sur le dossier d'une chaise.

— Soif?

Il lui tendit un verre de bière, en prit un lui-même.

— Asseyez-vous. Je me doutais que vous viendriez.

— Pourquoi?

Sa voix était rauque, comme celle de quelqu'un qui n'a pas dormi de la nuit et qui a fumé cigarette sur cigarette. Deux doigts de sa main droite étaient brunis par le tabac. Il n'était pas rasé. Sans doute, là où il s'était terré, n'avait-il pas eu la possibilité de le faire.

— Vous avez mangé?

— Je n'ai pas faim.

Il paraissait plus jeune que son âge et il était tellement nerveux que c'était fatigant de le regarder. Même assis, il continuait à frémir des pieds à la tête.

— Vous avez promis... commença-t-il.

— Je tiendrai ma parole.

— Je suis venu de mon plein gré.

— Vous avez eu raison.

— Je n'ai pas tué Lulu.

Soudain, au moment où Maigret s'y attendait le moins, il éclata en sanglots. Sans doute était-ce la première fois qu'il se laissait aller depuis qu'il avait appris la mort de son amie. Il pleurait comme un enfant en se cachant le visage à deux mains, et le commissaire se gardait bien d'intervenir. En somme, depuis que, dans le petit restaurant du boulevard Barbès, il avait appris par le journal que Lulu était morte, il n'avait pas eu le loisir de penser à elle, mais seulement à la menace qui pesait sur ses propres épaules.

D'une minute à l'autre, il était devenu un homme traqué qui, à chaque minute, jouait sa liberté, sinon sa tête.

Maintenant qu'il se trouvait au Quai des Orfèvres, face à face avec la police qui avait été son cauchemar, il se détendait brusquement.

— Je vous jure que je ne l'ai pas tuée... répéta-t-il.

Maigret le crut. Ce n'était pas la voix, l'attitude d'un coupable. Louis avait eu raison, la veille, en parlant de son ami comme d'un faible qui jouait les durs.

Avec ses cheveux blonds, ses yeux clairs, son visage presque poupin, ce n'était pas à un garçon boucher qu'il faisait penser, mais à un employé de bureau et on l'imaginait se promenant le dimanche après-midi aux Champs-Élysées avec sa femme.

— Vous vous êtes vraiment figuré que c'était moi?

— Non.

— Alors, pourquoi l'avez-vous dit aux journaux?

— Je n'ai rien dit aux reporters. Ils écrivent ce qu'ils veulent. Et les circonstances...

— Je ne l'ai pas tuée.

— Calmez-vous, à présent. Vous pouvez fumer.

La main de Pierrot tremblait encore quand il alluma sa cigarette.

— Il y a une question que je dois vous poser avant tout. Lorsque vous êtes allé avenue Carnot, lundi soir, Louise vivait-elle encore?

L'autre écarquilla les yeux, s'écria :

— Bien sûr!

C'était probablement la vérité, sinon il n'aurait pas attendu de lire le journal, le lendemain midi, pour s'effrayer et prendre le large.

— Quand elle vous a téléphoné au *Grelot*, vous ne vous doutiez pas de ce qu'elle avait à vous dire?

— Je n'en avais aucune idée. Elle était surexcitée et voulait me parler tout de suite.

— Qu'avez-vous pensé?

— Qu'elle avait pris une décision.

— Laquelle?

— De tout lâcher.

— De lâcher quoi?

— Le vieux.

— Vous lui avez demandé de le faire?

— Depuis deux ans je la supplie de venir vivre avec moi.

Il ajouta, avec l'air de défier le commissaire, de défier le monde entier :

— Je l'aime!

Il n'y avait pas d'emphase dans sa voix. Au contraire, il hachait les syllabes.

— Vous êtes sûr que vous ne voulez pas manger un morceau?

Cette fois, Pierrot saisit machinalement un sandwich et Maigret en prit un autre. C'était mieux ainsi. Tous les deux mangeaient et cela détendit l'atmosphère. On n'entendait aucun bruit dans les bureaux, sinon quelque part le tac-tac d'une machine à écrire.

— C'est déjà arrivé que Lulu vous appelle avenue Carnot alors que vous étiez au travail?

— Non. Pas avenue Carnot. Une fois, quand elle habitait encore rue La Fayette et qu'elle s'est soudain sentie malade... Ce n'était qu'une mauvaise indigestion, mais elle avait peur... Elle avait toujours peur de mourir...

A cause de ce mot-là, des images qu'il évoquait, il eut à nouveau les yeux mouillés et fut un certain temps avant de mordre dans son sandwich?

— Qu'est-ce qu'elle vous a dit, lundi soir? Un instant. Avant de répondre à ma question, dites-moi si vous avez une clef de l'appartement?

— Non.

— Pourquoi?

— Je ne sais pas. Pour aucune raison. J'allais rarement la voir et, quand j'y allais, elle était toujours là pour m'ouvrir.

— Donc, vous avez sonné et elle vous a ouvert.

— Je n'ai pas eu à sonner. Elle me guettait et elle a ouvert la porte dès que je suis sorti de l'ascenseur.

— Je croyais qu'elle était couchée.

— Elle s'était couchée, avant. Elle a dû téléphoner de son lit. Elle s'est levée un peu avant que j'arrive et elle était en robe de chambre.

— Elle vous a paru être dans son état normal?

— Non.

— Comment était-elle?

— C'est difficile à dire. Elle avait l'air d'avoir beaucoup réfléchi et d'être sur le point de prendre une décision. J'ai eu peur en la voyant.

— De quoi?

Le musicien hésita.

— Tant pis! finit-il par grommeler. J'ai eu peur à cause du vieux.

— C'est le professeur, je suppose, que vous appelez ainsi?

— Oui. Je m'attendais toujours à ce qu'il décide de divorcer pour épouser Lulu.

— Il en a été question?

— S'il en a été question, elle ne m'en a rien dit.

— Elle avait envie qu'il l'épouse?

— Je ne sais pas. Je ne crois pas.

— Elle vous aimait?

— Je crois.

— Vous n'en êtes pas sûr?

— Je suppose que les femmes ne sont pas comme les hommes.

— Que voulez-vous dire?

Il ne précisa pas sa pensée, peut-être parce qu'il en était incapable, se contenta de hausser les épaules.

— C'était une pauvre fille, finit-il par murmurer pour lui-même.

Les bouchées passaient difficilement dans sa gorge, mais il continuait machinalement à manger.

— Où s'est-elle assise quand vous êtes arrivé?

— Elle ne s'est pas assise. Elle était trop agitée pour s'asseoir. Elle s'est mise à marcher de long en large, m'a dit sans me regarder :

« — *J'ai une grande nouvelle à t'annoncer.*

» Puis, comme pour s'en débarrasser tout de suite :

» — *Je suis enceinte.* »

— Cela paraissait lui faire plaisir?

— Ni plaisir, ni déplaisir.

— Vous avez pensé que l'enfant était de vous?

Il n'osa pas répondre mais, à son attitude, on comprenait que pour lui c'était évident.

— Qu'est-ce que vous avez dit?

— Rien. Cela m'a fait un drôle d'effet. J'ai voulu la prendre dans mes bras.

— Elle ne vous a pas laissé faire?

— Non. Elle a continué à marcher. Elle parlait toute seule, disait à peu près :

« — *Je me demande ce que je dois faire. Cela change tout. Cela peut être très important. Si je lui en parle...* »

— Elle faisait allusion au professeur?

— Oui. Elle ne savait pas si elle devait lui avouer. la vérité ou non. Elle n'était pas sûre de sa réaction.

Et Pierrot, qui avait fini son sandwich, de soupirer avec découragement :

— Je ne sais pas comment vous expliquer. Je me souviens des moindres détails, et en même temps c'est confus. Je ne m'imaginais pas que cela se passerait ainsi.

— Qu'est-ce que vous aviez espéré?

— Qu'elle se jetterait dans mes bras et m'annoncerait qu'elle avait enfin décidé de venir avec moi.

— L'idée ne lui en est pas venue?

— Peut-être que si. Je suis presque sûr que si. Elle en avait envie. Au début, quand elle est sortie, de l'hôpital, elle prétendait qu'elle était obligée, par reconnaissance, d'agir comme elle le faisait.

— Elle considérait qu'elle avait une dette envers Gouin?

— Il lui a sauvé la vie. Je crois qu'il a passé plus d'heures à la soigner qu'à soigner n'importe lequel de ses malades.

— Vous l'avez cru?

— J'ai cru quoi?

— Vous avez cru à la reconnaissance de Lulu?

— Je lui ai dit qu'elle n'était pas obligée de rester sa maîtresse. Il en avait assez d'autres.

— Vous pensez qu'il était amoureux d'elle?

— C'est certain qu'il y tenait. Je suppose qu'il l'avait dans la peau.

— Et vous?

— Moi, je l'aimais.

— En définitive, pourquoi vous a-t-elle fait venir?

— Je me le suis demandé aussi.

— C'est vers cinq heures et demie qu'elle a eu, chez un médecin de la rue des Dames, la certitude qu'elle était enceinte. N'aurait-elle pas pu vous voir à ce moment-là?

— Si. Elle savait où j'ai l'habitude de dîner avant de me rendre au *Grelot*.

— Elle est rentrée chez elle. Plus tard, entre sept heures et demie et huit heures, le professeur est passé la voir.

— Elle m'en a parlé.

— Vous a-t-elle dit aussi si elle lui avait annoncé la nouvelle?

— Elle ne l'a mis au courant de rien.

— Elle a mangé et s'est couchée. Il est probable qu'elle n'a pas dormi. Et c'est vers neuf heures qu'elle vous a téléphoné.

— Je sais. J'ai réfléchi à tout cela en essayant de comprendre. Je n'y suis pas encore parvenu. Ce dont je suis sûr, c'est que je ne l'ai pas tuée.

— Répondez franchement à cette question, Pierrot : si, lundi soir, elle avait annoncé qu'elle ne voulait plus vous voir, l'auriez-vous tuée?

Le jeune homme le regarda et un vague sourire monta à ses lèvres.

— Vous voulez que je me mette la corde au cou?

— Vous n'êtes pas obligé de répondre.

— Je l'aurais peut-être tuée. Mais, premièrement, elle ne m'a pas dit ça. Deuxièmement, je n'avais pas de revolver.

— Vous en aviez un quand on vous a arrêté pour la dernière fois.

— Il y a des années de ça et la police ne me l'a pas rendu. Je n'en ai plus depuis. J'allais ajouter que je ne l'aurais pas tuée ainsi.

— Comment vous y seriez-vous pris?

— Je ne sais pas. Peut-être l'aurais-je frappée sans savoir ce que je faisais ou lui aurais-je serré le cou?

Il fixa le parquet à ses pieds, prit un temps avant d'ajouter d'une voix moins distincte :

— Peut-être aussi que je n'aurais rien fait. Il y a des choses, comme ça, qu'on pense quand on s'endort et qu'on ne réalise jamais.

— Cela vous est arrivé, en vous endormant, de penser à tuer Lulu?

— Oui.

— Parce que vous étiez jaloux de Gouin?

Il haussa encore une fois les épaules, ce qui signifiait sans doute que les mots n'étaient pas exacts, que la vérité était plus compliquée.

— Avant Gouin, vous étiez déjà l'ami de Louise Filon et, si je ne me trompe, vous ne l'empêchiez pas de faire la retape.

— C'est différent.

Maigret s'efforçait de serrer la vérité d'aussi près que possible, mais il se rendait compte que la vérité absolue était insaisissable.

— Vous n'avez jamais profité de l'argent du professeur?

— Jamais! répliqua-t-il si vivement, avec un mouvement brusque de la tête, qu'il paraissait sur le point de piquer une colère.

— Louise ne vous offrait pas de cadeaux?

— Rien que des babioles, une bague, des cravates, des chaussettes.

— Vous les acceptiez?

— Je ne voulais pas lui faire de peine.

— Qu'auriez-vous fait, si elle avait quitté Gouin?

— Nous aurions vécu ensemble.

— Comme avant?

— Non.

— Pourquoi?

— Parce que je n'ai jamais aimé ça.

— De quoi auriez-vous vécu?

— D'abord, je gagne ma vie.

— Mal, à ce que Louis m'a confié.

— Mal, soit. Mais je ne comptais pas rester à Paris.

— Où comptiez-vous aller?

— N'importe où, en Amérique du Sud ou au Canada.

Il était encore plus jeune de caractère que Maigret n'avait pensé.

— Ce projet n'emballait pas Lulu?

— Quelquefois elle était tentée, et il lui arrivait de promettre que nous partirions dans un mois ou deux.

— Je suppose que c'était le soir qu'elle parlait ainsi?

— Comment le savez-vous?

— Et, le matin, elle voyait les choses sous un jour plus cru?

— Elle avait peur.

— De quoi?

— De crever de faim.

On y arrivait enfin. Et il y avait, chez Pierrot, un ressentiment qui sourdait malgré lui.

— Vous ne pensez pas que c'est à cause de cette peur-là qu'elle restait avec le professeur?

— Peut-être.

— Elle a souvent eu faim dans sa vie, n'est-ce pas?

Le jeune homme riposta avec défi :

— Moi aussi!

— Seulement, elle avait peur d'avoir faim à nouveau.

— Qu'est-ce que vous essayez de prouver?

— Rien encore. Je me contente d'essayer de comprendre. Un seul fait est sûr : lundi soir, quelqu'un a tiré un coup de revolver à bout portant sur Lulu. Vous prétendez que ce n'est pas vous et je vous crois.

— Vous êtes certain que vous me croyez? murmura Pierrot avec méfiance.

— Jusqu'à preuve du contraire.

— Et vous me laisserez partir?

— Dès que nous aurons terminé cet entretien.

— Vous allez arrêter les recherches, ordonner à vos hommes de me laisser tranquille?

— Je vous permettrai même de reprendre votre place au *Grelot*.

— Et les journaux?

— J'enverrai tout à l'heure un communiqué disant que vous vous êtes présenté spontanément à la P. J. et qu'après vos explications vous avez été laissé en liberté.

— Cela ne signifie pas que je ne suis plus soupçonné.

— J'ajouterai qu'il n'y a aucun indice contre vous.

— C'est déjà mieux.

— Lulu possédait-elle un revolver?

— Non.

— Vous avez dit tout à l'heure qu'elle avait peur.

— De la vie, de la misère, mais pas des gens. Elle n'aurait eu que faire d'un revolver.

— Vous êtes resté à peine plus d'un quart d'heure chez elle, lundi soir?

— Il fallait que je retourne au *Grelot*. En outre, je n'aimais pas être là alors que le vieux pouvait entrer d'un moment à l'autre. Il a la clef.

— C'est arrivé?

— Une fois.

— Que s'est-il passé?

— Rien. C'était une après-midi, à une heure à laquelle il ne venait jamais chez Lulu. Nous avions rendez-vous à cinq heures en ville, mais quelque chose est arrivé qui m'a empêché d'y aller. Comme j'étais dans le quartier, je suis monté la voir. Nous étions dans le salon, tous les deux, à bavarder, quand on a entendu la clef tourner dans la serrure. Il est entré. Je ne me suis pas caché. Il ne m'a pas regardé. Il s'est avancé jusqu'au milieu de la pièce le chapeau sur la tête, et a attendu sans dire un mot. C'était un peu comme si je n'avais pas été un être humain.

— En définitive, vous ignorez toujours la raison

exacte pour laquelle Lulu vous a fait venir lundi soir?

— Je suppose qu'elle avait besoin d'en parler à quelqu'un.

— Comment s'est terminé votre entretien?

— Elle m'a dit :

« — *Je voulais que tu saches. J'ignore ce que je vais faire. De toutes façons, cela ne se voit pas encore. Penses-y de ton côté.* »

— Lulu ne vous a jamais parlé d'épouser le professeur?

Il eut l'air de chercher dans sa mémoire.

— Une fois, alors que nous étions dans un restaurant du boulevard Rochechouart et qu'il était question d'une fille de notre connaissance qui venait de se marier, elle a remarqué :

« — *Cela ne tiendrait qu'à moi qu'il divorce pour m'épouser.* »

— Vous l'avez cru?

— Il l'aurait peut-être fait. A cet âge-là, les hommes sont capables de tout.

Maigret ne put réprimer un sourire.

— Je ne vous demande pas où vous vous êtes caché depuis hier après-midi.

— Je ne vous le dirai pas. Je suis libre?

— Complètement.

— Si je sors, vos hommes ne vont pas m'arrêter?

— Vous feriez mieux, en effet, de passer une heure ou deux dans le quartier, sans trop vous montrer, afin que j'aie le temps de donner des ordres. Il y a une brasserie, place Dauphine, où vous serez tranquille.

— Donnez-moi mon pardessus.

Il paraissait plus las que quand il était entré, parce qu'il ne vivait plus sur ses nerfs.

— Il serait encore préférable de prendre une chambre dans le premier hôtel venu et de vous coucher.

— Je ne dormirais pas.

Sur le seuil, il se retourna.

— Qu'est-ce qu'on va en faire?

Maigret comprit.

— Si personne ne la réclame... commença-t-il.

— J'ai le droit de la réclamer?

— A défaut de famille...

— Vous me direz comment je dois m'y prendre?

Il voulait faire à Lulu des obsèques décentes et sans doute y aurait-il derrière le corbillard leurs amis du musette et du quartier Barbès.

Maigret vit sa silhouette lasse s'éloigner dans le long couloir et referma lentement la porte, resta un certain temps immobile au milieu de son bureau se dirigea enfin vers celui des inspecteurs.

Il était a peu près six heures quand l'auto de la P. J. s'arrêta avenue Carnot, en face de l'immeuble habité par les Gouin mais le long du trottoir opposé, l'avant tourné vers le quartier des Ternes. La nuit était tombée de bonne heure car, ce jour-là, pas plus que les trois jours précédents, on n'avait vu le soleil.

Il y avait de la lumière chez la concierge. Il y en avait au quatrième aussi chez les Gouin, dans la partie gauche de l'appartement. D'autres fenêtres, par-ci, par-là, étaient éclairées.

Certains appartements étaient momentanément inoccupés. Les Ottrebon, par exemple, des Belges qui étaient dans la finance, se trouvaient en Égypte pour l'hiver. Au second, le comte de Tavera et sa famille passaient la saison de la chasse dans leur château quelque part au sud de la Loire.

Calé dans le fond de la voiture, engoncé dans son pardessus, avec sa pipe qui sortait du col relevé, Maigret ne bougeait pas et avait l'air de si mauvaise humeur qu'après quelques minutes le chauffeur avait tiré un journal de sa poche en murmurant :

— Vous permettez?

On se demandait comment il pouvait lire sans plus de lumière que le reflet d'un bec de gaz.

Maigret avait eu le même air tout l'après-midi. Ce n'était pas de la mauvaise humeur à proprement parler, ses collaborateurs le savaient, mais les effets étaient les mêmes et on s'était passé le mot, Quai des Orfèvres, pour ne pas le déranger.

Il n'avait guère quitté son bureau, sauf pour surgir deux ou trois fois dans celui des inspecteurs, où il les regardait avec de gros yeux comme s'il avait oublié ce qu'il venait faire.

Il avait liquidé des dossiers en souffrance depuis des semaines avec autant d'ardeur que s'ils étaient soudain devenus d'une urgence extrême. Une première fois, vers quatre heures et demie, il avait appelé l'hôpital américain de Neuilly.

— Le professeur Gouin est en train d'opérer?

— Oui. Il n'aura pas fini avant une heure d'ici. De la part de qui?

Il avait raccroché, relu le rapport que Janvier avait établi sur les locataires de la maison et les réponses qui lui avaient été faites. Personne n'avait entendu le coup de feu. Au même étage que Louise Filon, dans la partie droite, habitait une certaine Mme Mettetal, une veuve, encore jeune, qui avait passé la soirée du lundi au théâtre. A l'étage en dessous, les Crémieux avaient donné un dîner d'une dizaine de couverts qui s'était terminé bruyamment.

Maigret avait travaillé à une autre affaire, donné quelques coups de téléphone sans importance.

A cinq heures et demie, quand il avait rappelé Neuilly, on lui avait répondu que l'opération venait de finir et que le professeur se rhabillait. C'est alors qu'il avait pris la voiture.

Il passait peu de gens sur les trottoirs de l'avenue Carnot et les autos étaient rares. Par-dessus l'épaule du chauffeur, il pouvait lire un gros titre en première page du journal :

« *Pierrot-le-Musicien remis en liberté.* »

C'était lui, qui, selon sa promesse, avait donné l'information aux reporters. La montre, sur le tableau de bord, était faiblement lumineuse et marquait six heures vingt. S'il y avait eu un bistrot plus près, il serait allé boire un verre et il regrettait de ne pas s'être arrêté en chemin.

A sept heures moins dix, seulement, un taxi s'arrêta en face de l'immeuble. Étienne Gouin fut le premier à descendre et à rester un moment immobile, debout sur le trottoir, tandis que son assistante sortait à son tour de l'auto.

Il se trouvait près d'un réverbère et sa silhouette se découpait dans la lumière. Il devait avoir une demi-tête de plus que Maigret, était presque aussi large d'épaules. On pouvait difficilement juger de sa corpulence, à cause de son pardessus flottant, qui avait l'air trop large pour lui et qui était beaucoup plus long que la mode ne le voulait, cette année-là. Il ne devait pas s'inquiéter outre mesure de son aspect extérieur et son chapeau était posé n'importe comment sur sa tête.

Tel quel, il donnait l'impression d'un gros qui avait maigri et à qui il ne restait qu'une forte ossature.

Il attendait sans impatience fixant distraitement un point de l'espace, pendant que la jeune femme tirait de l'argent de son sac pour payer le chauffeur. Puis, comme le taxi s'éloignait, il resta à écouter ce qu'elle lui disait. Sans doute, avant de le quitter, lui rappelait-elle ses rendez-vous du lendemain?

Elle marcha avec lui jusqu'à la voûte où elle lui tendit la serviette de cuir sombre qu'elle tenait à la main. et le regarda entrer dans l'ascenseur avant de s'éloigner dans la direction des Ternes.

— Suis-la.

— Bien, patron.

L'auto n'avait qu'à se laisser glisser dans l'avenue en pente. Lucile Decaux marchait vite, sans se retourner. Elle était petite, brune, et, autant qu'on en pouvait juger, potelée. Elle tourna le coin de la rue des Acacias et elle entra tout de suite dans une charcuterie, puis dans la boulangerie voisine et enfin, après une centaine de mètres, dans un immeuble à l'aspect délabré.

Maigret resta une dizaine de minutes dans la voiture avant de pénétrer dans l'immeuble à son tour et de s'adresser à la concierge dont la loge était d'une classe différente de celle de l'avenue Carnot, encombrée d'un lit de grande personne et d'un lit d'enfant.

— Mlle Decaux?

— Quatrième à droite. Elle vient de rentrer.

Il n'y avait pas d'ascenseur. Au quatrième, il poussa un timbre électrique et entendit des pas à l'intérieur. Une voix questionna derrière le battant :

— Qui est là?

— Commissaire Maigret.

— Un instant, s'il vous plaît.

La voix n'était ni surprise, ni effrayée. Avant d'ouvrir, elle gagna une autre pièce, fut quelques instants avant de revenir et le commissaire comprit pourquoi quand le battant s'écarta et qu'il la vit en peignoir les pieds dans des pantoufles.

— Entrez, dit-elle en le regardant avec curiosité.

L'appartement, composé de trois pièces et d'une cuisine, était d'une extrême propreté, le parquet si bien ciré qu'on aurait pu y glisser comme sur une patinoire. On le fit entrer dans un salon, plutôt une sorte de studio, avec un divan couvert d'un tissu à rayures, beaucoup de livres sur des rayonnages, un phonographe et des étagères couvertes de disques. Au-dessus de la cheminée, où la jeune femme venait d'allumer quelques bûches, se trouvait une photographie encadrée d'Étienne Gouin.

— Vous permettez que je retire mon pardessus?

— Je vous en prie. J'étais en train de me mettre à l'aise quand vous avez sonné.

Elle n'était pas jolie. Ses traits étaient irréguliers, ses lèvres trop grosses mais elle semblait avoir un corps agréable.

— Je vous empêche de dîner?

— Cela n'a pas d'importance. Asseyez-vous.

Elle lui désignait un fauteuil et elle s'installait elle-même au bord du divan, tirant le bas du peignoir sur ses jambes nues.

Elle ne lui posait pas de questions, l'observait comme certaines gens observent un personnage célèbre qu'ils voient enfin en chair et en os.

— J'ai préféré ne pas vous déranger à l'hôpital.

— Cela vous aurait été difficile, car j'étais dans la salle d'opération.

— Vous assistez habituellement aux opérations du professeur?

— Toujours.

— Depuis longtemps?

— Dix ans. Avant, j'étais déjà son élève.

— Vous êtes médecin?

— Oui.

— Puis-je vous demander quel âge vous avez?

— Trente-six ans.

Elle répondait sans hésiter, d'une voix assez neutre, mais il n'en avait pas moins l'impression d'une certaine méfiance, peut-être d'une certaine hostilité.

— Je suis ici pour éclaircir quelques points de détail. Vous savez sans doute que, dans une enquête comme celle que je conduis, tout doit être vérifié.

Elle attendait la question.

— Lundi soir, si je ne me trompe, vous êtes allée chercher votre patron avenue Carnot, un peu avant huit heures.

— C'est exact. J'ai arrêté un taxi et j'ai téléphoné au professeur, de la loge de la concierge, pour lui annoncer que je l'attendais en bas.

— Vous procédez toujours de la même façon?

— Oui. Je ne monte que quand il y a du travail au bureau, ou des documents à prendre.

— Où vous teniez-vous pendant que le professeur descendait?

— Devant la porte de l'ascenseur.

— Vous savez donc qu'il s'est arrêté en chemin?

— Il s'est arrêté pendant quelques minutes au troisième. Je suppose que vous êtes au courant?

— Je suis au courant.

— Pourquoi n'avez-vous pas posé la question au professeur lui-même?

Il préféra ne pas répondre.

— S'est-il comporté comme les autres soirs? Ne paraissait-il pas préoccupé?

— Seulement par l'état de son patient.

— En chemin, il ne vous a rien dit?

— Il ne parle pas beaucoup.

— Vous avez dû arriver à Cochin quelques minutes après huit heures. Que s'est-il passé.

— Nous sommes entrés immédiatement dans la chambre du malade en compagnie de l'interne de garde.

— Vous y avez passé la soirée entière?

— Non. Le professeur est resté environ une demi-heure dans la chambre, guettant certaines réactions qui ne se produisaient pas. Je lui ai dit qu'il ferait mieux d'aller se reposer.

— Quelle heure était-il quand il est monté au quatrième?

— Je sais que vous avez déjà posé ces questions-là à l'hôpital.

— C'est l'infirmière-chef de l'étage qui vous l'a dit?

— Peu importe.

— Quelle heure était-il?

— Il n'était pas neuf heures.

— Vous n'êtes pas montée avec lui?

— Je suis restée avec le malade. C'est un enfant.

— Je suis au courant. A quelle heure le professeur est-il redescendu?

— Je suis allée le prévenir, vers onze heures, que ce qu'il attendait s'était produit.

— Vous êtes entrée dans la chambre où il était couché?

— Oui.

— Il était habillé?

— A l'hôpital, il s'étend d'habitude tout habillé. Il avait seulement retiré son veston et desserré sa cravate.

— Vous avez donc passé tout le temps, entre huit heures et demie et onze heures, au chevet du malade. De sorte qu'il aurait été possible à votre patron de descendre par l'escalier et de quitter l'hôpital sans que vous le sachiez?

Elle devait s'y attendre, car il avait posé la même question à Cochin et on avait dû lui en parler. Malgré cela, il vit sa poitrine se soulever à une cadence plus rapide. Avait-elle préparé sa réponse?

— Cela aurait été impossible, car je suis montée à dix heures et quart pour m'assurer qu'il n'avait besoin de rien.

Maigret, qui la regardait dans les yeux, prononça sans élever la voix, en y mettant beaucoup de douceur :

— Vous mentez, n'est-ce pas?

— Pourquoi dites-vous ça?

— Parce que je sens que vous mentez. Écoutez, mademoiselle Decaux, il m'est facile de reconstituer, ce soir même, vos faits et gestes à l'hôpital. Même si vous avez fait la leçon au personnel, il se trouvera quelqu'un pour se troubler et avouer la vérité. Vous n'êtes pas montée avant onze heures.

— Le professeur n'a pas quitté l'hôpital.

— Comment le savez-vous?

— Parce que je le connais mieux que quiconque.

Elle désigna le journal du soir qui se trouvait sur un guéridon.

— Je l'ai trouvé sur une table à Neuilly et je l'ai lu. Pourquoi avez-vous relâché ce garçon?

Elle parlait de Pierrot dont, de sa place, il pouvait lire le nom à l'envers.

— Vous êtes tellement sûr que ce n'est pas le coupable?

— Je ne suis sûr de rien.

— Mais vous soupçonnez le professeur d'avoir assassiné cette fille.

Au lieu de répondre, il questionna :

— Vous la connaissiez?

— Vous oubliez que je suis l'assistante de M. Gouin. J'étais présente quand il l'a opérée.

— Vous ne l'aimiez pas?

— Pourquoi l'aurais-je détestée?

Comme il avait sa pipe à la main, elle dit :

— Vous pouvez fumer. Cela ne me dérange pas.

— N'est-il pas exact qu'il existait entre le professeur et vous des rapports plus intimes que les rapports professionnels?

— On vous a dit ça, aussi?

Elle sourit, avec une certaine condescendance.

— Vous êtes très bourgeois, monsieur Maigret?

— Cela dépend de ce que vous entendez par là.

— J'essaie de savoir si vous avez des idées arrêtées sur la morale conventionnelle.

— Il y aura bientôt trente-cinq ans que je suis dans la police, mon petit.

— Dans ce cas, ne parlez pas de relations intimes. Des relations intimes, il y en avait, et c'étaient nos relations de travail. Le reste n'a aucune importance.

— Cela signifie qu'il n'y a pas d'amour entre vous?

— Sûrement pas dans le sens que vous entendez. J'admire le professeur Gouin plus que n'importe quel être au monde. Je m'efforce de l'aider dans la mesure du possible. Pendant dix heures, douze heures par jour, souvent davantage, je suis à son côté, et parfois il ne s'en aperçoit même pas tant cela nous est devenu naturel à l'un et à l'autre. Il nous arrive souvent de passer la nuit à attendre que certains symptômes se manifestent chez un patient. Quand il opère en province ou à l'étranger, je l'accompagne. Dans la rue, je paie ses taxis et c'est moi qui lui rappelle ses rendez-vous, comme c'est moi qui téléphone à sa femme qu'il ne rentrera pas.

» Il est arrivé, voilà longtemps, dès le début, ce qui arrive normalement entre un homme et une femme qui se trouvent en contact fréquent.

» Il n'y a pas attaché d'importance. Il en a fait autant avec les infirmières et avec beaucoup d'autres.

— Vous n'y avez pas attaché d'importance non plus?

— Aucune.

Et elle le regardait droit dans les yeux comme pour le défier de la contredire.

— Vous n'avez jamais été amoureuse?

— De qui?

— De n'importe quel homme. Du professeur.

— Pas dans le sens que vous donnez à ce mot-là.

— Mais vous lui avez consacré votre vie?

— Oui.

— C'est lui qui vous a choisie comme assistante lorsque vous avez eu passé votre doctorat?

— C'est moi qui me suis proposée. J'avais cette idée-là depuis le moment où j'ai commencé à suivre son cours.

— Vous avez dit qu'au début, il s'était passé certaines choses entre vous. Dois-je comprendre que cela n'a plus lieu?

— Vous êtes un excellent confesseur, monsieur Maigret. Cela arrive encore à l'occasion.

— Chez vous?

— Il n'a jamais mis les pieds ici. Je ne le vois pas montant les quatre étages et entrant dans ce logement.

— A l'hôpital?

— Parfois. Parfois aussi dans son appartement. Vous perdez de vue que je lui sers de secrétaire et que nous passons souvent une partie de la journée avenue Carnot.

— Vous connaissez bien sa femme?

— Nous nous rencontrons à peu près quotidiennement.

— Quels sont vos rapports avec elle?

Il eut l'impression que le regard de Lucile Decaux devenait plus dur.

— Indifférents, laissa-t-elle tomber.

— De part et d'autre?

— Qu'essayez-vous de me faire dire?

— La vérité.

— Mettons que Mme Gouin me regarde de la même façon qu'elle regarde ses domestiques. Sans doute s'efforce-t-elle de se persuader à elle-même qu'elle est la femme du professeur. Vous l'avez vue?

Une fois de plus, Maigret évita de répondre.

— Pourquoi votre patron l'a-t-il épousée?

— Pour ne pas être seul, je suppose.

— C'était avant que vous deveniez son assistante, n'est-ce pas?

— Plusieurs années avant.

— Il s'entend bien avec elle?

— Il n'est pas l'homme à se disputer avec qui que ce soit et il jouit d'une faculté exceptionnelle pour ignorer les gens.

— Il ignore sa femme?

— Il prend un certain nombre de repas avec elle.

— C'est tout?

— A ma connaissance.

— Pourquoi pensez-vous qu'elle l'ait épousé?

— Elle n'était alors qu'une petite infirmière, ne l'oubliez pas. Le professeur passe pour un homme riche.

— Il l'est?

— Il gagne beaucoup d'argent. Il ne s'en préoccupe pas.

— Il possède donc une certaine fortune?

Elle fit oui de la tête, décroisa les jambes, sans oublier de tirer sur le bas de son peignoir.

— En somme, selon vous, il n'est pas heureux en ménage.

— Ce n'est pas tout à fait exact. Sa femme ne pourrait pas le rendre malheureux.

— Et Lulu?

— Lulu non plus, c'est ma conviction.

— S'il n'était pas amoureux d'elle, comment expliquez-vous que, pendant plus de deux ans...

— Je ne peux pas vous expliquer. Il faut que vous compreniez par vous-même.

— Quelqu'un m'a dit qu'il « l'avait dans la peau ».

— Qui?

— C'est faux?

— C'est vrai et ce n'est pas vrai. Elle était devenue quelque chose qui lui appartenait.

— Mais il n'aurait pas divorcé pour l'épouser?

Elle le regarda avec stupeur, protesta :

— Jamais de la vie! Il ne se serait d'ailleurs jamais compliqué l'existence par un divorce.

— Même pas pour vous épouser, vous?

— Il n'y a jamais pensé.

— Et vous?

Elle rougit.

— Moi non plus. Qu'est-ce que cela m'aurait donné de plus? Au contraire, j'aurais perdu au change. Voyez-vous, c'était moi, c'est encore moi qui ai la meilleure part. Il ne fait à peu près rien sans moi. Je participe à ses travaux. Je connais ses ouvrages au fur et à mesure qu'il les écrit et souvent c'est moi qui effectue les recherches. Il ne traverse pas Paris en taxi sans que je sois à son côté.

— Il a peur de mourir subitement?

— Pourquoi demandez-vous ça?

Elle paraissait surprise de la perspicacité du commissaire.

— Depuis quelques années, c'est vrai, à peu près depuis qu'il a découvert que son cœur n'est pas parfait. A cette époque-là, il a consulté plusieurs de ses confrères. Vous l'ignorez peut-être, mais la plupart des médecins sont plus effrayés par la maladie que leurs patients.

— Je le sais.

— Il ne m'a jamais rien dit à ce sujet mais, petit à petit, il a pris l'habitude de ne pas rester seul.

— S'il avait une crise, en taxi, par exemple, que pourriez-vous faire?

— A peu près rien. Mais je le comprends.

— En somme, c'est l'idée de mourir tout seul qui l'effraie.

— Pour quelle raison exactement êtes-vous venu me trouver, monsieur le commissaire?

— Peut-être pour ne pas déranger votre patron inutilement. Sa maîtresse a été tuée lundi soir.

— Je n'aime pas ce mot-là. Il est inexact.

— Je l'emploie dans le sens qu'on lui donne d'habi-

tude. Gouin a eu la possibilité matérielle de commettre
le crime. Comme vous l'avez admis tout à l'heure,
il est resté seul, au quatrième étage de l'hôpital, de
neuf heures moins le quart à onze heures. Rien ne
l'empêchait de descendre et de se faire conduire avenue
Carnot.

— D'abord, si vous le connaissiez, l'idée ne vous
effleurerait pas qu'il pourrait tuer quelqu'un.

— Si! répliqua-t-il.

Et il était si catégorique qu'elle le regarda avec stupeur, sans songer à protester.

— Que voulez-vous dire?

— Vous admettez que son travail, sa carrière, ses
recherches scientifiques, son activité médicale ou pro-
fessorale, appelez ça comme vous voudrez, est la seule
chose ayant de la valeur à ses yeux.

— Dans une certaine mesure.

— Dans une mesure beaucoup plus large que pour
n'importe qui que j'aie rencontré. Quelqu'un a usé
à son sujet des mots « force de la nature ».

Cette fois, elle ne demanda pas qui.

— Les forces de la nature ne se préoccupent pas
des dégâts qu'elles provoquent. Si Lulu, pour une
raison ou une autre, était devenue une menace pour
pour son activité...

— En quoi aurait-elle pu menacer l'activité du
professeur?

— Vous savez qu'elle était enceinte?

— Cela changeait la situation?

Elle n'avait pas paru surprise.

— Vous le saviez?

— Le professeur m'en a parlé.

— Quand?

— Samedi dernier.

— Vous êtes certaine qu'il vous en a parlé samedi?

— Absolument. Nous revenions de l'hôpital, en taxi. Il m'a dit, comme il me dit beaucoup de choses, sans y attacher d'importance, avec l'air de se parler à lui-même :

« — *Je crois que Louise est enceinte.* »

— Quel air avait-il?

— Aucun. Plutôt ironique, selon son habitude. Voyez-vous, il y a beaucoup de choses auxquelles les gens attachent de l'importance et qui n'en ont aucune pour lui.

— Ce qui me surprend, c'est qu'il ait pu vous en parler samedi alors que c'est le lundi soir, seulement, vers six heures, que Lulu a appris la nouvelle.

— Vous oubliez qu'il est médecin et qu'il couchait avec elle.

— Vous croyez qu'il en a parlé à sa femme aussi.

— C'est improbable.

— Supposez que Louise Filon se soit mis en tête de se faire épouser.

— Je ne pense pas que l'idée lui en serait venue. Et, même dans ce cas, il ne l'aurait pas tuée. Vous faites fausse route, monsieur le commissaire. Je ne prétends pas que vous ayez relâché le vrai coupable. Je ne vois pas non plus pourquoi ce Pierrot aurait tué la fille.

— Par amour, si elle avait menacé de ne plus le voir.

Elle haussa les épaules.

— Vous cherchez bien loin.

— Vous avez une opinion?

— Je ne tiens pas à en avoir.

Il se leva pour vider sa pipe dans le foyer et, machi-

nalement, comme s'il avait été chez lui, saisit les pinces
pour arranger les bûches.

— Vous pensez à sa femme? demanda-t-il, le dos
tourné, sur un ton indifférent.

— Je ne pense à personne.

— Vous ne l'aimez pas?

Comment aurait-elle pu l'aimer? Germaine Gouin
était une simple infirmière, fille de pêcheurs, qui était
devenue du jour au lendemain la femme légitime du
professeur tandis qu'elle, Lucile Decaux, qui lui avait
consacré sa vie et qui était capable de l'aider dans ses
travaux, n'était que son assistante. Chaque soir, quand
ils revenaient de l'hôpital, elle sortait avec lui du taxi,
mais c'était pour lui dire bonsoir sur le seuil et pour
rentrer dans son logement de la rue des Acacias tandis
qu'il montait retrouver sa femme.

— Vous la soupçonnez, mademoiselle Decaux?

— Je n'ai jamais dit ça.

— Mais vous le pensez?

— Je pense que vous n'hésitez pas à vous enquérir
des faits et gestes de mon patron pendant la soirée de
lundi, mais que vous ne vous préoccupez pas de ses
faits et gestes à elle.

— Qu'en savez-vous?

— Vous lui avez parlé?

— J'ai appris, tout au moins, peu importe comment,
qu'elle a passé la soirée avec sa sœur. Vous connaissez
Antoinette?

— Pas personnellement. Le professeur m'en a parlé.

— Il ne l'aime pas?

— C'est elle qui le déteste. Il m'a dit une fois qu'il
s'attendait toujours, quand le hasard les mettait en
présence, à ce qu'elle lui crache au visage.

— Vous n'en savez pas davantage sur Mme Gouin?

— Rien! laissa-t-elle tomber sèchement.

— Elle n'a pas d'amant?

— Pas à ma connaissance. En outre, cela ne me regarde pas.

— Est-ce la femme, si elle était coupable, à laisser condamner son mari?

Comme elle se taisait, Maigret ne put s'empêcher de sourire.

— Avouez que vous ne seriez pas fâchée que ce soit elle qui ait tué Lulu et que nous le découvrions.

— Ce dont je suis sûre, c'est que le professeur ne l'a pas tuée.

— Il vous a parlé du crime?

— Pas le mardi matin. Il n'était pas encore au courant. L'après-midi, il m'a dit incidemment que la police allait sans doute téléphoner pour lui demander un rendez-vous.

— Et depuis?

— Il n'y a plus fait allusion.

— La mort de Louise ne l'a pas affecté?

— S'il en a été peiné, il n'en a rien laissé voir. Il est comme d'habitude.

— Je suppose que vous n'avez rien d'autre à me dire? Vous a-t-il parfois parlé de Pierre Eyraud, le musicien?

— Jamais.

— L'idée ne vous est pas venue qu'il pourrait en être jaloux?

— Ce n'est pas un homme à être jaloux de qui que ce soit.

— Je vous remercie, mon petit, et je m'excuse d'avoir retardé votre dîner. S'il vous arrivait de vous souvenir d'un détail intéressant, passez-moi un coup de fil.

— Vous ne verrez pas mon patron?

— Je ne sais pas encore. Il est chez lui ce soir?

— C'est sa seule soirée libre de la semaine.

— A quoi va-t-il l'employer?

— A travailler, comme d'habitude. Il a les épreuves de son livre à revoir.

Maigret endossa son pardessus en soupirant.

— Vous êtes une drôle de fille, murmura-t-il comme pour lui-même.

— Je n'ai rien d'extraordinaire.

— Bonsoir.

— Bonsoir, monsieur Maigret.

Elle l'accompagna sur le palier et le regarda descendre. Dehors, il retrouva l'auto noire dont le chauffeur ouvrit la portière.

Il faillit lui donner l'adresse de l'avenue Carnot. Il faudrait tôt ou tard qu'il se décide à un tête-à-tête avec Gouin. Pourquoi le remettait-il sans cesse à plus tard? Il avait l'air de tourner autour de lui sans oser s'en approcher comme si la personnalité du professeur l'impressionnait.

— Au Quai!

A cette heure-ci, Étienne Gouin devait être en train de dîner avec sa femme. En passant, Maigret vit qu'il n'y avait pas de lumière dans la partie droite de l'appartement.

Il y avait au moins un point sur lequel l'assistante se trompait. Contrairement à ce qu'elle avait affirmé, les relations conjugales de Gouin étaient moins neutres qu'elle ne le pensait. Lucile Decaux prétendait que son patron ne parlait pas de ses affaires à sa femme.

Or, Mme Gouin avait fourni au commissaire des détails qu'elle ne pouvait connaître que par son mari.

Lui avait-il dit, à elle aussi, qu'il croyait Lulu enceinte ?

Il fit arrêter l'auto un peu plus haut dans l'avenue, devant le bistrot où il s'était arrêté une fois pour boire un grog. L'air était moins froid ce soir-là et il commanda autre chose, un marc, bien que ce ne fût pas l'heure d'un alcool sec, simplement parce que c'est ce qu'il avait bu la veille. On le taquinait, Quai des Orfèvres, sur cette manie. S'il commençait une enquête au calvados, par exemple, c'est au calvados qu'il la continuait, de sorte qu'il y avait des enquêtes à la bière, des enquêtes au vin rouge, il y en avait même eu au whisky.

Il fut sur le point de téléphoner au bureau pour demander s'il n'y avait rien de nouveau et de se faire conduire directement chez lui. Ce n'est que parce qu'il y avait quelqu'un dans la cabine téléphonique qu'il changea d'avis.

Il ne parla pas en chemin.

— Vous avez encore besoin de moi ? lui demanda le chauffeur, une fois dans la cour de la P. J.

— Tu pourras me reconduire boulevard Richard Lenoir dans quelques minutes. A moins que tu aies fini ton service.

— Je ne finis qu'à huit heures.

Il monta, fit de la lumière dans son bureau, dont la seconde porte s'ouvrit aussitôt pour livrer passage à Lucas.

— L'inspecteur Janin a téléphoné. Il est vexé qu'on ne l'ait pas prévenu que Pierrot a été retrouvé.

Tout le monde avait oublié Janin qui avait continué

à fouiller le quartier de la Chapelle jusqu'à ce que les journaux lui apprissent que le musicien avait été entendu par Maigret et relâché.

— Il demande s'il doit le tenir à l'œil.

— Ce n'est plus la peine. Rien d'autre?

Lucas ouvrait la bouche au moment où le téléphone sonna. Maigret décrocha.

— Commissaire Maigret à l'appareil, dit-il en fronçant les sourcils.

Et, tout de suite, Lucas comprit que c'était important.

— Ici, Étienne Gouin, prononçait-on à l'autre bout du fil.

— J'écoute.

— J'apprends que vous venez d'interroger mon assistante.

Lucile Decaux avait téléphoné à son patron pour le mettre au courant.

— C'est exact, fit Maigret.

— Il m'aurait paru plus correct, si vous désirez des renseignements à mon sujet, que vous vous adressiez directement à moi.

Lucas eut l'impression que Maigret perdait quelque peu contenance, faisait un effort pour reprendre son sang-froid.

— C'est une question d'appréciation, répliqua-t-il assez sèchement.

— Vous savez où j'habite.

— Fort bien. J'irai vous voir.

Il y eut un silence à l'autre bout du fil. Le commissaire perçut vaguement une voix de femme. C'était probablement Mme Gouin qui disait quelque chose à son mari et celui-ci questionnait :

— Quand?

— D'ici une heure, une heure et demie. Je n'ai pas dîné.

— Je vous attendrai.

L'appareil fut raccroché.

— Le professeur? demanda Lucas.

Maigret fit signe que oui.

— Qu'est-ce qu'il veut?

— Il a envie qu'on l'interroge. Tu es libre?

— Pour aller là-bas avec vous?

— Oui. Auparavant, nous irons manger un morceau.

Ils le firent place Dauphine, à la table où le commissaire avait déjeuné et dîné tant de fois qu'on l'appelait la table de Maigret.

Pendant tout le temps que dura le repas, il ne dit pas un mot.

8

Maigret avait inter-
rogé des milliers, des dizaines de milliers de gens au
cours de sa carrière, certains qui occupaient des posi-
tions considérables, d'autres qui étaient plus célèbres
par leur richesse et d'autres encore qui passaient pour
les plus intelligents parmi les criminels internationaux.

Or, il attachait à cet interrogatoire-là une importance qu'il n'avait attachée à aucun interrogatoire
précédent, et ce n'était pas la situation sociale de
Gouin, qui l'impressionnait, ni la célébrité dont il
jouissait dans le monde entier.

Il sentait bien que Lucas, depuis le début de l'affaire,
se demandait pourquoi il n'allait pas carrément poser
quelques questions précises au professeur et, maintenant encore, le brave Lucas était dérouté par l'humeur
de son patron.

La vérité, Maigret ne pouvait la lui avouer, ni à
personne, pas même à sa femme. A vrai dire, il n'osait
pas se la formuler nettement en pensée.

Ce qu'il savait de Gouin, ce qu'il en avait appris
l'impressionnait, soit. Mais pour une raison que nul,
probablement, n'aurait devinée.

Comme le professeur, Maigret était né dans un petit village du centre de la France et, comme lui, il avait été de bonne heure livré à lui-même.

Maigret n'avait-il pas commencé ses études de médecine? S'il avait été en mesure de les continuer, il ne serait vraisemblablement pas devenu chirurgien, faute de l'habileté manuelle nécessaire, mais il n'en avait pas moins l'impression qu'il existait des traits communs entre lui et l'amant de Lulu.

C'était orgueilleux de sa part et c'est pourquoi il préférait n'y pas penser. Ils avaient l'un et l'autre, lui semblait-il, une connaissance à peu près égale des hommes et de la vie.

Pas la même, pas les mêmes réactions, surtout. Ils étaient plutôt comme contraires, mais des contraires de valeur équivalente.

Ce qu'il savait de Gouin, il l'avait appris à travers les paroles et les attitudes de cinq femmes différentes. Autrement, il n'avait vu de lui que sa silhouette sur le trottoir de l'avenue Carnot, une photographie au-dessus d'une cheminée, et l'incident le plus révélateur était sans doute le court récit que Janvier lui avait fait au téléphone de l'apparition du professeur dans l'appartement de Louise Filon.

Il allait savoir s'il avait tort. Il s'était préparé dans la mesure du possible et, s'il emmenait Lucas, ce n'était pas par besoin de son aide, mais pour donner un caractère plus officiel à l'entrevue, peut-être, au fond, pour se rappeler à lui-même qu'il allait avenue Carnot en tant que commissaire de la P. J. et non comme un homme intéressé par un autre homme.

Il avait bu du vin en mangeant. Quand le garçon était venu lui demander s'il désirait un alcool, il avait commandé un vieux marc de Bourgogne, de sorte qu'en montant dans la voiture il avait chaud à l'intérieur.

L'avenue Carnot était déserte, paisible, avec des lumières douces derrière les rideaux des appartements. Quand il passa devant la loge, il crut comprendre que la concierge le regardait passer avec un air de reproche.

Les deux hommes prirent l'ascenseur et la maison, autour d'eux, était silencieuse, repliée sur elle-même et sur ses secrets.

Il était huit heures quarante quand Maigret tira la poignée de cuivre poli qui actionnait une sonnerie électrique et on entendit des pas à l'intérieur, une femme de chambre assez jeune, plutôt jolie, qui portait un coquet tablier sur son uniforme noir, ouvrit la porte et dit :

— Si ces messieurs veulent se débarrasser...

Il s'était demandé si Gouin les recevrait au salon, dans la partie en quelque sorte familiale de l'appartement. Il n'eut pas la réponse tout de suite. La domestique accrocha les vêtements dans un placard, laissa les visiteurs dans l'antichambre et disparut.

Elle ne revint pas, mais Gouin ne tarda pas à s'avancer et, ici, il paraissait plus grand et plus maigre. Il les regarda à peine, se contenta de murmurer :

— Voulez-vous venir par ici...

Il les précéda dans un couloir qui conduisait à la bibliothèque. Les murs en étaient presque entièrement couverts de livres reliés. Il y régnait une douce lumière et des bûches flambaient dans une cheminée beaucoup plus vaste que chez Lucile Decaux.

— Asseyez-vous.

Il leur désignait des fauteuils, en choisissait un.

Tout cela ne comptait pas. L'un et l'autre ne s'étaient pas encore regardés. Lucas, qui se sentait de trop, était d'autant plus mal à l'aise que le fauteuil était trop profond pour ses courtes jambes et qu'il se trouvait assis le plus près du feu.

— Je m'attendais à ce que vous veniez seul.

Maigret présenta son collaborateur.

— J'ai amené le brigadier Lucas, qui prendra des notes.

C'est à ce moment que leurs regards se croisèrent pour la première fois et Maigret lut comme un reproche dans les yeux du professeur. Peut-être aussi, mais il n'en était pas sûr, une certaine déception? C'était difficile à dire parce que, extérieurement, Gouin était assez banal. On voit, au théâtre, des acteurs, surtout des basses chantantes, qui ont ce grand corps osseux et ce visage aux traits fortement dessinés, aux yeux soulignés de poches.

Les prunelles étaient claires, petites, sans éclat particulier, et pourtant il y avait dans son regard un poids inusité.

Maigret aurait juré, tandis que ce regard-là se posait sur lui, que Gouin était aussi curieux de lui que lui-même l'était du professeur.

Le trouvait-il plus banal, lui aussi, que l'image qu'il s'était faite?

Lucas avait tiré un calepin et un crayon de sa poche, ce qui lui donnait une contenance.

On ne pouvait pas encore savoir quel ton l'entretien allait prendre et Maigret avait soin de se taire et d'attendre.

— Vous ne pensez pas, monsieur Maigret, qu'il aurait été plus rationnel de vous adresser directement à moi que d'aller ennuyer cette pauvre fille?

Il parlait naturellement, d'une voix monotone, comme s'il disait des choses banales.

— Vous parlez de Mlle Decaux? Elle ne m'a pas paru le moins du monde embarrassée. Je suppose que, dès que je l'ai quittée, elle vous a téléphoné pour vous mettre au courant?

— Elle m'a répété vos questions et ses réponses. Elle se figurait que c'était important. Les femmes ont un perpétuel besoin de se convaincre de leur importance.

— Lucile Decaux est votre collaboratrice la plus immédiate, n'est-ce pas?

— Elle est mon assistante.

— Ne vous sert-elle pas en outre de secrétaire?

— C'est exact. Et même, elle a dû vous le dire, elle me suit partout où je vais. Cela lui donne l'impression qu'elle joue un rôle capital dans ma vie.

— Elle est amoureuse de vous?

— Comme elle le serait de n'importe quel patron, pourvu qu'il soit célèbre.

— Elle m'a paru dévouée, au point de faire un faux serment, par exemple, si c'était nécessaire, pour vous tirer d'embarras.

— Elle le ferait sans hésitation. Ma femme a été en contact avec vous, elle aussi.

— Elle vous l'a dit?

— Tout comme Lucile, elle m'a répété les moindres détails de votre entretien.

Il parlait de sa femme du même ton détaché qu'il avait pris pour parler de son assistante. Il n'y avait aucune chaleur dans sa voix. Il constatait des faits, les relatait, sans leur accorder de valeur sentimentale.

Les petites gens qui l'approchaient devaient s'exta-

sier sur sa simplicité et il n'y avait en effet chez lui
aucune pose, il ne se préoccupait pas le moins du
monde de l'effet qu'il produisait sur les autres.

Il est rare de rencontrer des êtres qui ne jouent pas
un rôle, même quand ils sont seuls avec eux-mêmes.
La plupart des hommes éprouvent le besoin de se
regarder vivre, de s'écouter parler.

Gouin pas. Il était lui, pleinement, et il ne se donnait
pas la peine de cacher ses sentiments.

Quand il avait parlé de Lucile Decaux, ses mots,
son attitude voulaient dire :

— Ce qu'elle prend pour du dévouement n'est
qu'une espèce de vanité, de besoin de se croire exceptionnelle. N'importe laquelle, parmi mes étudiantes
en ferait autant qu'elle. Elle rend sa vie intéressante
et sans doute se figure-t-elle que je lui dois de la
reconnaissance.

S'il ne précisait pas, c'était parce qu'il jugeait Maigret capable de comprendre, lui parlait d'égal à
égal.

— Je ne vous ai pas encore appris pourquoi je vous
ai téléphoné ce soir en vous priant de venir. Remarquez que, de toutes façons, j'avais le désir de vous
rencontrer.

C'était un homme, et il était sincère. Depuis qu'ils
étaient en face l'un de l'autre, il n'avait cessé d'obser-
ver le commissaire et ne s'en cachait pas, l'examinait
comme un spécimen humain qu'il avait envie de
connaître.

— Pendant que nous dînions, ma femme et moi,
j'ai reçu un coup de téléphone. Il s'agit de quelqu'un
que vous connaissez déjà, de cette Mme Brault qui
servait de femme de ménage à Louise.

Il ne disait pas Lulu, mais Louise, parlait d'elle aussi simplement que des autres, sachant bien qu'il était superflu de fournir des explications.

— Mme Brault s'est mis en tête qu'elle possède un moyen de me faire chanter. Elle n'y est pas allée par quatre chemins, encore que je n'aie pas compris immédiatement sa première phrase. Elle m'a dit :

« — *J'ai le revolver, monsieur Gouin.*

Et, tout d'abord, je me suis demandé de quel revolver il s'agissait.

— Vous permettez une question?

— Je vous en prie.

— Vous avez déjà rencontré Mme Brault?

— Je ne le pense pas. Louise m'en a parlé. Elle la connaissait avant de s'installer ici. Il paraît que c'est une curieuse créature, qui a fait maintes fois de la prison. Comme elle ne travaillait que le matin dans l'appartement et que je n'avais guère l'occasion d'y aller à ces heures-là, je ne me souviens pas l'avoir vue. Peut-être l'ai-je rencontrée dans l'escalier?

— Vous pouvez continuer.

— Elle m'a donc appris qu'en entrant dans le salon, lundi matin, elle avait trouvé le revolver sur la table et...

— Elle a précisé : sur la table?

— Oui. Elle a ajouté qu'elle l'avait caché dans un pot de faïence qui, sur le palier, contient une plante verte. Vos hommes ont dû fouiller l'appartement sans penser à chercher en dehors de celui-ci.

— C'était astucieux de sa part.

— Bref, elle posséderait actuellement ce revolver et serait disposée à me le rendre contre une somme importante.

— A vous le *rendre*?

— Il m'appartient.

— Comment le savez-vous?

— Elle m'en a fourni la description, y compris le numéro de série.

— Il y a longtemps que vous possédez cette arme?

— Huit ou neuf ans. J'étais allé opérer en Belgique. A cette époque-là, je voyageais plus que maintenant. Il m'est même arrivé d'être appelé aussi loin que les États-Unis et les Indes. Ma femme m'avait souvent répété qu'elle avait peur de rester seule dans l'appartement pour plusieurs jours, parfois plusieurs semaines. A l'hôtel où j'étais descendu, à Liège, des armes fabriquées dans le pays étaient exposées dans une vitrine. L'idée m'est venue d'acheter un petit automatique. J'ajoute que je ne l'ai pas déclaré à la douane.

Maigret sourit.

— Dans quelle pièce se trouvait-il?

— Dans un tiroir de mon bureau. C'est là que je l'ai vu, il y a quelques mois, pour la dernière fois. Je ne m'en suis jamais servi. Je l'avais complètement oublié quand j'ai reçu ce coup de téléphone.

— Qu'avez-vous répondu à Mme Brault?

— Que je lui donnerais une réponse.

— Quand?

— Probablement ce soir. C'est alors que je vous ai appelé.

— Tu veux aller là-bas, Lucas? Tu as l'adresse?

— Oui, patron.

Lucas se montrait ravi d'échapper à l'atmosphère lourde de la pièce, car, alors que les deux hommes parlaient à mi-voix et ne disaient que des phrases banales en apparence, on sentait une tension sourde.

— Vous trouverez votre pardessus? Vous ne désirez pas que je sonne la femme de chambre?

— Je trouverai.

La porte refermée, ils se turent un moment. Ce fut Maigret qui rompit le silence.

— Votre femme est au courant?

— Du chantage de Mme Brault?

— Oui.

— Elle a entendu ce que je répondais au téléphone, car j'ai pris la communication dans la salle à manger. Je lui ai appris le reste.

— Quelle a été sa réaction?

— Elle m'a conseillé de céder.

— Vous ne vous êtes pas demandé pourquoi?

— Voyez-vous, monsieur Maigret, que ce soit ma femme, Lucile Decaux ou n'importe laquelle, elles éprouvent une intense satisfaction à se faire croire qu'elles me sont dévouées. C'est, en somme, à qui m'aidera et me protégera davantage.

Il parlait sans ironie. Sans rancœur aussi, disséquait leur état d'esprit avec le même détachement qu'il aurait mis à disséquer un cadavre.

— Pourquoi pensez-vous que ma femme a éprouvé le besoin de vous parler? Pour se donner le rôle de l'épouse qui protège la tranquilité et le travail de son mari.

— Ce n'est pas le cas?

Il regarda Maigret sans répondre.

— Votre femme, professeur, m'a paru faire preuve à votre égard d'une assez rare compréhension.

— Elle prétend ne pas être jalouse, en effet.

— Elle ne fait que le prétendre?

— Cela dépend du sens que vous donnez au mot.

Il lui est indifférent, sans doute, que je couche avec n'importe qui.

— Même avec Louise Filon?

— Au début, oui. N'oubliez pas que Germaine, qui n'était qu'une obscure infirmière, est devenue du jour au lendemain Mme Gouin.

— Vous l'aimiez?

— Non.

— Pourquoi l'avez-vous épousée?

— Pour avoir quelqu'un dans la maison. La vieille femme qui s'occupait de moi n'en avait plus pour longtemps à vivre. Je n'aime pas être seul, monsieur Maigret. Je ne sais pas si vous connaissez ce senti-ment-là?

— Peut-être aussi préférez-vous que les gens qui vous entourent vous doivent tout?

Il ne protesta pas. La remarque parut, au contraire, lui faire plaisir.

— D'une certaine façon, oui.

— C'est pour cela que vous avez choisi une fille de condition modeste?

— Les autres m'horripilent.

— Elle savait à quoi s'attendre en se mariant?

— Très exactement.

— A quel moment a-t-elle commencé à se montrer désagréable?

— Elle ne s'est jamais montrée désagréable. Vous l'avez vue. Elle est parfaite, prend admirablement soin de la maison, n'insiste jamais pour que je sorte le soir ou que nous invitions des amis à dîner.

— Si je comprends bien, elle passe ses journées à vous attendre.

— A peu près. Cela lui suffit d'être Mme Gouin et

de savoir qu'un jour elle sera Mme Veuve Étienne Gouin.

— Vous la croyez intéressée?

— Mettons qu'elle ne sera pas fâchée de disposer de la fortune que je lui laisserai. Pour le moment, je parierais qu'elle écoute à la porte. Elle a été troublée quand je vous ai appelé. Elle aurait préféré que je vous reçoive au salon, en sa présence.

Il n'avait pas baissé la voix pour annoncer que Germaine écoutait derrière la porte et Maigret aurait juré qu'il entendait un léger bruit dans la pièce voisine.

— D'après elle, c'est elle qui vous a suggéré d'installer Louise Filon dans la maison.

— C'est vrai. Je n'y avais pas pensé. J'ignorais même qu'un appartement se trouvait libre.

— Cette combinaison ne vous a pas paru étrange?

— Pourquoi?

La question le surprenait.

— Vous aimiez Louise?

— Écoutez, monsieur Maigret : c'est la seconde fois que vous employez ce mot-là. En médecine, nous ne le connaissons pas.

— Vous aviez besoin d'elle?

— Physiquement, oui. Est-il nécessaire de m'expliquer? J'ai soixante-deux ans.

— Je sais.

— C'est toute l'histoire.

— Vous n'étiez pas jaloux de Pierrot?

— J'aurais préféré qu'il n'existe pas.

Comme chez Lucile Decaux, Maigret se leva pour aller redresser une bûche qui s'était écroulée. Il avait soif. Le professeur ne pensait pas à lui offrir à boire. Le marc qu'il avait pris après le dîner lui empâtait la bouche et il n'avait pas cessé de fumer.

— Vous l'avez rencontré? demanda-t-il.

— Qui?

— Pierrot.

— Une fois. D'habitude, ils s'arrangeaient tous les deux pour que cela n'arrive pas.

— Quels étaient les sentiments de Lulu à votre égard?

— Quels sentiments voudriez-vous qu'elle ait eus? Je suppose que vous connaissez son histoire. Bien entendu, elle me parlait de reconnaissance et d'affection. La vérité est plus simple. Elle n'avait pas envie de connaître à nouveau la misère. Vous devez savoir ça. Les gens qui ont réellement eu faim, qui ont été pauvres dans la noire acception du mot et qui, d'une façon ou d'une autre, en sont sortis, feraient n'importe quoi pour ne pas retomber dans leur ancienne vie.

C'était vrai, Maigret était bien placé pour le savoir.

— Elle aimait Pierrot?

— Si vous tenez à ce mot-là! soupira le professeur, résigné. Il fallait bien quelque chose de sentimental dans sa vie. Il fallait aussi qu'elle se crée des problèmes. J'ai dit tout à l'heure que les femmes éprouvent le besoin de se sentir importantes. Pour cette raison-là sans doute, elles se compliquent l'existence, se posent des questions, s'imaginent toujours qu'elles ont un choix à faire.

— Entre quoi? questionna Maigret avec une ombre de sourire, pour obliger son interlocuteur à préciser.

— Louise se figurait qu'elle avait le choix entre son musicien et moi.

— Elle ne l'avait pas?

— En réalité, non. Je vous ai dit pourquoi.

— Elle n'a jamais menacé de vous quitter?

— Il lui arrivait de prétendre qu'elle hésitait.

— Vous ne craigniez pas que cela arrive?

— Non.

— Elle n'a pas non plus essayé de se faire épouser?

— Son ambition n'allait pas jusque-là. Je suis persuadé qu'elle aurait été un peu effrayée de devenir Mme Gouin. Ce dont elle avait besoin, c'est de sécurité. Un appartement chauffé, trois repas par jour, des vêtements convenables.

— Que serait-il arrivé si vous aviez disparu?

— J'avais contracté une assurance-vie à son bénéfice.

— Vous en avez contracté une au bénéfice de Lucile Decaux aussi?

— Non. C'est inutile. Moi mort, elle s'accrochera à mon successeur comme elle s'est accrochée à moi et il n'y aura rien de changé dans sa vie.

La sonnerie du téléphone les interrompit. Gouin fut sur le point de se lever pour répondre, s'arrêta.

— Cela doit être votre inspecteur?

C'était en effet Lucas qui téléphonait du poste de police des Batignolles, le plus proche de chez Désirée Brault.

— J'ai l'arme, patron. Elle a d'abord prétendu qu'elle ne savait pas de quoi je parlais.

— Qu'as-tu fait d'elle?

— Elle est ici avec moi.

— Qu'on la conduise au Quai. Où a-t-elle trouvé le revolver?

— Elle prétend toujours qu'il était sur la table.

— Pourquoi a-t-elle conclu qu'il appartenait au professeur?

— D'après elle, c'est évident. Elle ne donne pas de détails. Elle est furieuse. Elle a essayé de me griffer. Qu'est-ce qu'il dit lui?

— Encore rien de définitif. Nous causons.

— Je vous rejoins?

— Passe d'abord au laboratoire pour t'assurer qu'il n'y a pas d'empreintes sur l'automatique. Cela te permettra d'emmener ta prisonnière, là-bas.

— Bien, patron, soupira Lucas sans enthousiasme.

C'est seulement alors que Gouin pensa à offrir à boire.

— Vous accepterez un verre de fine?

— Volontiers.

Il pressa un timbre électrique. La femme de chambre qui avait introduit Maigret et Lucas ne tarda pas à apparaître.

— La fine!

Ils ne parlèrent pas en l'attendant. Quand elle revint, il n'y avait qu'un seul verre sur le plateau.

— Vous m'excuserez, mais je ne bois jamais, dit le professeur en laissant Maigret se servir.

Ce n'était pas par vertu, probablement pas non plus par régime, mais parce qu'il n'en avait pas besoin.

9

MAIGRET PRIT SON temps. Le verre à la main, il regardait le visage du professeur qui, de son côté, le regardait tranquillement.

— La concierge, elle aussi, vous doit de la reconnaissance, n'est-il pas vrai? Si je ne me trompe, vous avez sauvé son fils.

— Je n'attends de reconnaissance de personne.

— Elle ne vous en est pas moins dévouée, et, comme Lucile Decaux, serait prête à mentir pour vous tirer d'embarras.

— Certainement. Il est toujours agréable de se croire héroïque.

— Vous ne vous sentez pas parfois seul, dans le monde tel que vous le voyez?

— L'être humain est seul, quoi qu'il en pense. Il suffit de l'admettre une bonne fois et de s'en accommoder.

— Je croyais que vous aviez horreur de la solitude?

— Ce n'est pas de cette solitude-là que j'ai parlé. Mettons, si vous préférez que le vide m'angoisse. Je n'aime pas être seul dans un appartement, ou sur un trottoir, dans une voiture. Il s'agit d'une solitude physique, non d'une solitide morale.

— Vous avez peur de la mort?

— Il m'est indifférent d'être mort. Je déteste la mort elle-même, avec tout ce qu'elle comporte. Dans votre métier, commissaire, vous l'avez vue presque aussi souvent que moi.

Il savait bien que c'était son point faible, que cette peur de mourir seul était la petite lâcheté humaine qui en faisait malgré tout un homme comme les autres. Il n'en avait pas honte.

— Depuis ma dernière crise cardiaque, je suis presque toujours accompagné. Médicalement, cela ne servirait à rien. Cependant, si étrange que cela paraisse, n'importe quelle présence me rassure. Une fois que j'étais seul en ville et que j'ai ressenti un vague malaise sans importance, je suis entré dans le premier bar venu.

Ce fut le moment que Maigret choisit pour poser la question qu'il tenait en réserve depuis longtemps.

— Quelle a été votre réaction quand vous vous êtes aperçu que Louise était enceinte?

Il parut surpris, non qu'on parle de cela, mais que cela soit considéré comme un problème possible.

— Aucune, dit-il simplement.

— Elle ne vous en a pas parlé?

— Non. Je suppose qu'elle ne le savait pas encore.

— Elle l'a su le lundi vers six heures. Vous l'avez vue ensuite. Elle ne vous en a rien dit?

— Seulement qu'elle ne se sentait pas bien et qu'elle allait se coucher.

— Avez-vous pensé que l'enfant était de vous?

— Je n'ai pensé à rien de ce genre.

— Vous n'avez jamais eu d'enfant?

— Pas à ma connaissance.

— Le désir d'en avoir ne vous est jamais venu?

Sa réponse choqua Maigret qui, depuis trente ans, aurait tant voulu être père.

— *Pour quelle raison?* questionna le professeur.

— En effet!

— Que voulez-vous dire?

— Rien.

— Certaines gens, qui n'ont aucun intérêt sérieux dans la vie, s'imaginent qu'un enfant leur donne de l'importance, une sorte d'utilité, et qu'ainsi ils laisseront quelque chose derrière eux. Ce n'est pas mon cas.

— Ne croyez-vous pas que, étant donné votre âge et celui de son amant, Lulu s'est figurée que l'enfant était de celui-ci?

— Scientifiquement, cela ne tient pas.

— Je parle de ce qu'elle a eu en tête.

— C'est possible.

— N'était-ce pas suffisant pour la décider à vous quitter pour suivre Pierrot?

Il n'hésita pas.

— Non, répliqua-t-il, toujours comme un homme qui est sûr de posséder la vérité. Elle m'aurait certainement affirmé que l'enfant était de moi.

— Vous l'auriez reconnu?

— Pourquoi pas?

— Même doutant de votre paternité?

— Quelle différence cela fait-il? Un enfant en vaut un autre.

— Vous auriez épousé la mère?

— Je n'en vois pas la raison.

— Selon vous, elle n'aurait pas essayé de se faire épouser?

— Si elle l'avait essayé, elle n'y serait pas parvenue.

— Parce que vous ne voulez pas abandonner votre femme?

— Simplement parce que je trouve ces complications ridicules. Je vous réponds franchement, parce que je vous crois à même de me comprendre.

— Vous en avez parlé à votre femme?

— Dimanche après-midi, si je me souviens bien. Oui, c'était dimanche. J'ai passé une partie de l'après-midi à la maison.

— Pourquoi lui en avez-vous parlé?

— J'ai ai parlé à mon assistante aussi.

— Je sais.

— Alors?

Il avait raison de penser que Maigret comprenait. Il y avait quelque chose de terriblement hautain, et en même temps de tragique, dans la façon que le professeur avait de parler de ceux, ou plutôt de celles qui l'entouraient. Il les prenait à leur prorpre valeur, sans la moindre illusion, ne demandait à chacune que ce qu'elle pouvait lui donner. C'est à peine, si, à ses yeux, elles étaient un peu plus que des objets inanimés.

Il ne se donnait pas non plus la peine de se taire devant elles. Quelle importance cela avait-il? Il pouvait penser à haute voix, sans s'inquiéter de leurs réactions, encore moins de ce que, de leur côté, elles pouvaient penser ou ressentir?

— Qu'est-ce que votre femme a dit?

— Elle m'a demandé ce que je comptais faire.

— Vous avez répondu que vous reconnaîtriez l'enfant?

Il fit oui de la tête.

— Il ne vous est pas venu à l'esprit que cette révélation était susceptible de la troubler?

— Peut-être.

Cette fois, Maigret soupçonna chez son interlocuteur quelque chose qui n'avait pas encore percé jusque-là, ou qu'il n'avait pas été capable de déceler. Il y avait eu une secrète satisfaction dans la voix du professeur alors qu'il prononçait :

— *Peut-être.*

— Vous l'avez fait exprès? attaqua-t-il.

— De lui en parler?

Maigret était sûr que Gouin aurait préféré ne pas sourire, rester impassible mais c'était plus fort que lui et, pour la première fois, ses lèvres s'étiraient étrangement.

— En somme, vous n'étiez pas fâché de jeter le désarroi chez votre femme comme chez votre assistante.

La façon dont Gouin se tut constituait un aveu.

— L'une ou l'autre n'aurait-elle pas pu en concevoir l'idée de supprimer Louise Filon?

— C'est une idée qui devait leur être plus ou moins familière depuis longtemps. Toutes les deux détestaient Louise. Je ne connais personne qui, à un moment quelconque, n'ait souhaité la mort d'un être humain. Seulement, les gens capables de mettre leur idée à exécution sont rares. Heureusement pour vous!

Tout cela était vrai. C'était bien ce qu'il y avait d'un peu hallucinant dans cette conversation-là. Ce que le professeur avait dit depuis le début, Maigret le pensait, au fond. Leurs idées sur les hommes et leurs motifs n'étaient pas tellement différentes.

Ce qui était différent, c'était leur attitude en face du problème.

Gouin ne se servait que de ce que Maigret aurait

appelé sa raison froide. Le commissaire, lui, essayait...

Il aurait été en peine de définir ce qu'il essayait. Peut-être, de comprendre les gens, lui donnait-il un sentiment qui n'était pas seulement de la pitié, mais une sorte d'affection.

Gouin les regardait d'en haut.

Maigret se mettait sur le même plan qu'eux.

— Louise Filon a été assassinée, dit-il lentement.

— C'est un fait. Quelqu'un est allé jusqu'au bout.

— Vous êtes-vous demandé qui?

— C'est votre tâche, non la mienne.

— Avez-vous pensé que cela pouvait être vous?

— Certainement. Alors je ne savais pas encore que ma femme vous avait parlé, j'ai été surpris que vous ne veniez pas m'interroger. La concierge m'avait prévenu qu'on vous avait parlé de moi.

Elle aussi! Et Gouin acceptait cela comme un dû!

— Vous êtes allé à Cochin, lundi soir, mais vous n'êtes resté qu'une demi-heure au chevet de votre patient.

— Je suis monté me coucher dans une chambre du quatrième étage qu'on tient à ma disposition.

— Vous vous y trouviez seul et rien ne vous empêchait de sortir de l'hôpital sans être vu, de venir ici en taxi et de retourner dans la chambre.

— A quelle heure, selon vous, ces allées et venues auraient-elles pris place?

— Entre neuf heures et onze heures, fatalement.

— A quelle heure Pierre Eyraud était-il chez Louise?

— A dix heures moins le quart.

— Il aurait fallu que je tue Louise après?

Maigret acquiesça.

— Étant donné le temps nécessaire pour faire la route, je n'aurais pu me retrouver à l'hôpital entre dix heures et dix heures et demie.

Maigret calcula mentalement. Le raisonnement du professeur était logique. Et, tout à coup, le commissaire se montrait déçu. Quelque chose ne se passait pas comme il l'avait prévu. Il s'attendait à la suite, prêtait à peine l'oreille à ce que lui disait son interlocuteur.

— Il se fait, monsieur Maigret, qu'à dix heures cinq, un de mes confrères, le docteur Lanvin, qui venait d'avoir une consultation au troisième étage, est monté me voir. Il ne se fiait pas à son diagnostic. Il m'a demandé de le suivre un moment. Je suis descendu au troisième. Ni mon assistante, ni le personnel de mon service, ne pouvaient vous le dire, car ils n'en savaient rien.

» Il ne s'agit pas du témoignage d'une femme anxieuse de me tirer d'affaire, mais de cinq ou six personnes, dont le malade qui ne m'avait jamais vu auparavant et qui ignore probablement mon nom.

— Je n'ai jamais pensé que vous aviez tué Lulu.

Il le faisait exprès de l'appeler par ce nom qui paraissait déplaire au professeur. Il avait envie d'être cruel, lui aussi.

— Je m'étais seulement attendu à ce que vous essayiez de couvrir la personne qui l'a tuée.

Gouin marqua le coup. Une légère rougeur parut à ses joues et, un instant, ses yeux se détournèrent du commissaire.

On sonnait à la porte d'entrée. C'était Lucas, que la femme de chambre introduisait dans le salon et qui avait un petit paquet à la main.

— Pas d'empreintes, dit-il, en déballant l'arme qu'il tendit à son patron.

Il les regarda l'un et l'autre, surpris du calme qui régnait, surpris aussi de les trouver exactement à la même place, dans la même attitude, comme si, pendant qu'il courait la ville, le temps, ici, avait été suspendu.

— C'est bien votre revolver, monsieur Gouin?

C'était une arme de fantaisie, au canon nickelé, à la crosse de nacre et, si le coup n'avait pas été tiré à bout portant, il n'aurait sans doute pas fait grand mal.

— Il manque une balle dans le chargeur, expliqua Lucas. J'ai téléphoné à Gastine-Renette qui fera demain les expériences habituelles. Il est persuadé dès maintenant, que c'est bien le revolver avec lequel on a tiré lundi.

— Je suppose, monsieur Gouin, que votre femme, tout comme votre assistante, avaient accès au tiroir de votre bureau? Il n'était pas fermé à clef?

— Je ne ferme rien à clef.

Cela aussi, c'était par une sorte de mépris des gens. Il n'avait rien à cacher. Peu lui importait qu'on lût ses papiers personnels.

— Vous n'avez pas été surpris, en rentrant, lundi soir, de trouver votre belle-sœur dans l'appartement?

— Elle a l'habitude de m'éviter.

— Je pense que celle-là vous déteste, n'est-ce pas?

— C'est une autre façon de rendre sa vie intéressante.

— Votre femme m'a déclaré que sa sœur était venue la voir par hasard, parce qu'elle passait dans le quartier.

— C'est possible.

— Quand j'ai interrogé Antoinette, elle m'a appris, elle, que sa sœur lui avait téléphoné pour lui demander de venir.

Gouin écoutait avec attention, sans qu'on pût lire aucun sentiment sur son visage. Renversé dans son fauteuil, les jambes croisées, il tenait les doigts joints et Maigret fut frappé de la longueur de ces doigts-là, aussi déliés que ceux d'un pianiste.

— Assieds-toi, Lucas.

— Vous voulez que je demande un verre pour votre inspecteur ?

Lucas fit signe que non.

— Il y a une autre affirmation de votre femme que je dois contrôler et ce n'est que par vous que je puis le faire.

Le professeur fit signe qu'il attendait.

— Voilà un certain temps, vous auriez eu une syncope cardiaque alors que vous vous trouviez dans l'appartement de Lulu.

— C'est vrai. Un peu exagéré, mais vrai.

— Est-il exact aussi que votre maîtresse, affolée, ait appelé votre femme ?

Gouin parut surpris.

— Qui vous a dit cela ?

— Peu importe. C'est la vérité ?

— Pas tout à fait.

— Vous vous rendez compte que votre réponse est d'une énorme importance.

— Je m'en rends compte à la façon dont vous posez la question, mais j'ignore pourquoi. Je ne me suis pas senti bien, certaine nuit. J'ai demandé à Louise de monter pour prendre une fiole de médicament qui se trouvait dans ma salle de bains. Elle l'a

fait. Ma femme lui a ouvert, car les domestiques
étaient couchées et elles ont leur chambre au sixième
étage. Ma femme, qui était couchée aussi quand Louise
est arrivée, est allée chercher la fiole.

— Elles sont redescendues ensemble?

— Oui. Seulement, entre temps, la crise était passée
et j'étais déjà sorti de l'appartement du troisième.
J'avais franchi la porte quand Louise et ma femme,
toutes les deux en tenue de nuit, sont apparues.

— Vous permettez un instant?

Maigret dit quelques mots à voix basse à Lucas,
qui quitta la pièce. Gouin ne posa pas de question,
ne parut pas surpris.

— La porte était grande ouverte derrière vous?

— Elle était contre.

Maigret aurait préféré qu'il mente. Depuis une
heure, il aurait aimé voir Gouin essayer de mentir,
mais il était d'une sincérité implacable.

— Vous êtes sûr?

Il lui donnait une dernière chance.

— Absolument.

— A votre connaissance, votre femme n'est jamais
allée voir Lulu dans l'appartement du troisième?

— Vous la connaissez mal.

Germaine Gouin n'avait-elle pas affirmé que c'était
la seule occasion qu'elle avait eue de pénétrer dans
l'appartement?

Or, elle n'y était pas entrée cette nuit-là. Et, quand
elle était descendue pour rencontrer le commissaire,
elle n'avait pas eu un regard de curiosité autour d'elle,
s'était comportée comme si les lieux lui étaient fami-
liers.

C'était son second mensonge, à quoi il fallait ajouter

qu'elle n'avait pas mentionné le fait que Lulu était enceinte.

— Vous croyez qu'elle écoute toujours à la porte?

C'était une précaution inutile d'avoir envoyé Lucas se poster à l'entrée de l'appartement.

— J'en suis persuadé... commença le professeur.

Et la porte de communication s'ouvrit, en effet. Mme Gouin s'avança de deux pas, juste assez pour pouvoir regarder son mari en face, et jamais Maigret n'avait vu dans des yeux humains autant de haine et de mépris. Le professeur ne détournait pas la tête, subissait le choc sans broncher.

Le commissaire, lui, se levait.

— Je suis obligé de vous arrêter, madame Gouin.

Elle dit, presque distraitement, toujours tournée vers son mari :

— Je sais.

— Je suppose que vous avez tout entendu?

— Oui.

— Vous avouez que vous avez tué Louise Filon?

Elle fit oui de la tête et on aurait pu croire qu'elle allait s'élancer comme une furie sur l'homme qui soutenait toujours son regard.

— Il savait que cela arriverait, prononça-t-elle enfin d'une voix saccadée, tandis que sa poitrine se soulevait à une cadence rapide. Je me demande maintenant si ce n'est pas ce qu'il voulait, si ce n'était pas sciemment, pour me pousser, qu'il me faisait certaines confidences.

— Vous avez appelé votre sœur pour vous préparer un alibi?

Elle fit encore un signe affirmatif. Maigret poursuivait :

— Je suppose que vous êtes descendue quand vous avez quitté le boudoir sous prétexte de préparer des grogs?

Il la vit froncer les sourcils et son regard, se détournant de Gouin, se posa sur le commissaire. Elle semblait hésiter. On devinait une lutte en elle. Enfin, d'une voix sèche, elle laissa tomber :

— Ce n'est pas vrai.

— Qu'est-ce qui n'est pas vrai?

— Que ma sœur soit restée seule.

Sous le regard de Gouin, où passait une lueur ironique, Maigret devint rouge, car ce regard-là signifiait clairement :

— Qu'est-ce que je vous disais?

Et c'était vrai que Germaine n'acceptait pas de porter seule le poids du crime. Elle n'aurait eu qu'à se taire. Elle parlait.

— Antoinette savait ce que j'allais faire. Comme, au dernier moment, je ne m'en sentais plus le courage, elle est descendue avec moi.

— Elle est entrée?

— Elle est restée dans l'escalier.

Et, après un silence, avec l'air de les défier tous :

— Tant pis! C'est la vérité.

Ses lèvres tremblaient de rage contenue.

— Maintenant, il va pouvoir renouveler son harem!

* *
*

Mme Gouin s'était trompée. Il y eut peu de changement dans la vie du professeur. Quelques mois plus tard, seulement, Lucile Decaux vint habiter avec lui, sans cesser de lui servir d'assistante et de secrétaire.

Essaya-t-elle de se faire épouser? Maigret l'ignora.
En tout cas, le professeur ne se remaria pas.

Et, quand son nom venait dans la conversation,
Maigret faisait semblant de ne pas entendre, ou s'empressait de parler d'autre chose.

FIN

31 *Août* 1953.

TABLE DES MATIÈRES

OUVRAGES DE GEORGES SIMENON
AUX PRESSES DE LA CITÉ (suite)
« TRIO »

I. — La neige était sale –
Le destin des Malou –
Au bout du rouleau

II. — Trois chambres à
Manhattan – Lettre à
mon juge – Tante
Jeanne

III. — Une vie comme
neuve – Le temps d'A-

naïs – La fuite de Mon-
sieur Monde

IV. — Un nouveau dans
la ville – Le passager
clandestin – La fenêtre
des Rouet

V. — Pedigree

VI. — Marie qui louche –
Les fantômes du cha-

pelier – Les 4 jours du
pauvre homme

VII. — Les frères Rico –
La jument perdue –
Le fond de la bou-
teille

VIII. — L'enterrement de
M. Bouvet – Le grand
Bob – Antoine et Julie

AUX ÉDITIONS FAYARD

Monsieur Gallet, décédé
Le pendu de Saint-Pho-
lien
Le charretier de la Pro-
vidence
Le chien jaune
Pietr-le-Letton
La nuit du carrefour
Un crime en Hollande
Au rendez-vous des
Terre-Neuvas
La tête d'un homme

La danseuse du gai mou-
lin
Le relais d'Alsace
La guinguette à deux sous
L'ombre chinoise
Chez les Flamands
L'affaire Saint-Fiacre
Maigret
Le fou de Bergerac
Le port des brumes
Le passager du « Po-
larlys »

Liberty Bar
Les 13 coupables
Les 13 énigmes
Les 13 mystères
Les fiançailles de M. Hire
Le coup de lune
La maison du canal
L'écluse nº 1
Les gens d'en face
L'âne rouge
Le haut mal
L'homme de Londres

A LA N. R. F.

Les Pitard
L'homme qui regardait
passer les trains
Le bourgmestre de Fur-
nes
Le petit docteur

Maigret revient
La vérité sur Bébé Donge
Les dossiers de l'Agen-
ce O
Le bateau d'Émile
Signé Picpus

Les nouvelles enquêtes
de Maigret
Les sept minutes
Le cercle des Mahé
Le bilan Malétras

ÉDITION COLLECTIVE SOUS COUVERTURE VERTE

I. — La veuve Couderc –
Les demoiselles de
Concarneau – Le coup
de vague – Le fils Car-
dinaud

II. — L'Outlaw – Cour
d'assises – Il pleut,
bergère... – Bergelon

III. — Les clients d'Avre-
nos – Quartier nègre –
45º à l'ombre

IV. — Le voyageur de
la Toussaint – L'assas-
sin – Malempin

V. — Long cours –
L'évadé

VI. — Chez Krull – Le
suspect – Faubourg

VII. — L'aîné des Fer-
chaux – Les trois cri-
mes de. mes amis

VIII. — Le blanc à lunette
– La maison des sept
jeunes filles – Oncle
Charles s'est enfermé

IX. — Ceux de la soif –
Le cheval blanc – Les
inconnus dans la mai-
son

X. — Les noces de Poi-

tiers – Le rapport du
gendarme G. 7

XI. — Chemin sans issue
— Les rescapés du
« Télémaque » – Tou-
ristes de bananes

XII. — Les sœurs Lacroix
– La mauvaise étoile –
Les suicidés

XIII. — Le locataire –
Monsieur La Souris –
La Marie du Port

XIV. — Le testament
Donadieu – Le châle
de Marie Dudon – Le
clan des Ostendais

SÉRIE POURPRE

Le voyageur de la Toussaint   La maison du Canal   La Marie du Port

ACHEVÉ D'IMPRIMER LE
10 MARS 1977 SUR LES
PRESSES DE L'IMPRIMERIE
BUSSIÈRE, SAINT-AMAND (CHER)

— N° d'édit. 523. — N° d'imp. 1844. —
Dépôt légal : 2e trimestre 1967.
Imprimé en France